輝夜姬計畫

文善——著

導讀

洋溢著驚奇感的《輝夜姬計畫》

醫師・推理小說耽讀者　藍霄

使用中文寫作的女性推理小說作家雖然已經不能算少，但是對於讀者來說，小說保持推理小說閱讀元素，每有新作推出總會讓人有熱烈期待感的就屈指可數了。再加上用華文寫小說的女性作家願意標榜是推理作家也不常見，旅居加拿大的推理作家文善小姐就是其中一位。

我認識文善小姐算算也快二十年了，當年那是個迎接網路時代的推理小說翻譯與創作開始迸放的年代。那時我也是個對於台灣推理小說充滿熱情狂熱的「迷鬼」。就是這個機緣，透過網路，我才有機會認識出身香港的文善。

而我個人逐漸因職場因素，隨著時日推展自然產生的疏離，不太公開談論推理小說或是參與推理小說活動。

相對的這些年來，文善依然秉持初衷，徐徐地以手中的筆，寫出屬於她的推理小說的「型」。

雖然兩人認識很久，我與文善本人就僅僅見過一次面。

而這次見面，就是她以《逆向誘拐》一書榮獲第三屆「島田莊司推理小說獎」首獎的頒獎場合。

推理小說而言，這是她給我最大的驚奇。

在創作推理小說的磨劍平台，我知道文善最初是以台灣推理作家協會徵文獎為舞台，篇幅不長，一年一篇為節奏，維繫她創作絲線。

但是《逆向誘拐》長篇小說，她就是飛躍大步地以成熟的風貌降臨舞台，直接搴奪大獎。

創作力量泉湧，接續的《店長，我有戀愛煩惱》、《你想殺死老闆嗎？（我們做了！）》，再到本作《輝夜姬計畫》。

文善的推理小說，有她個人獨特風格，也就是前述的「型」，基本上就是推理為骨，小說為肉。因為節奏明快，善用對話推展情節，心理描寫細膩，整體來看比較像是充滿現代感的懸疑小說，但是推理之骨是隱晦卻扎實的，強調謎團與佈局，所以最大的閱讀樂趣在收尾的驚奇感。

《輝夜姬計畫》更是如此少見的傑作，文章啟程不久就直接把讀者帶入疑惑的迷霧中，之後高潮迭起，一個個謎團接踵而來……

如同過去她小說會出現金融經濟、職場關係、社會議題的關懷，此次包裹女性議題的《輝夜姬計畫》更是著墨頗深，情節的安排更可見作者呼應的匠心之處。

個人目前的本職是個婦產科醫師，對於出生率與人口老化，雖然不是國家優生保健政策直接參與者，也非社會學者有長久的關懷與透徹的研究，但是以第一線醫師，倒也不是生疏的議題。

根據二〇一九年版〈世界人口綜述〉（World Population Review）排名報告〉，台灣出生率於兩百個國家中排名吊車尾，平均每名婦女只生一・二一八名孩子。

生育率低落越顯人口老化結構險峻，就算不特別關心，普遍的社會現象還是很難漠視的。

生育率低落的原因說複雜也不算複雜，歐美福利國家與東方國度的對策也各有見解，讀者心中也可能早有定見。

出生率與老年長照福利，日本與台灣社會背景相似，面臨的問題也相去不遠。

小說可以反映社會，日本推理作家在處理相關母性議題的傑作不少，女性作家的心理描寫細膩度也頗擅長。

只是，文善的《輝夜姬計畫》的寫法與佈局，應該是首見的。

閱讀的驚奇感，除了推理小說謎底揭曉是其一，或許《輝夜姬計畫》把這類議題似乎不著痕跡的串場，更是讓人驚奇。

小說反映人生，帶有社會意識的推理小說尤然，文善人物描寫特重流暢的對話讓小說生動如真，雖然《輝夜姬計畫》的背景，會有登場人物非華文社會的隔閡，但是文章的內涵社會議題是普世的，此種「結尾驚奇感」的推理小說趣味更是繞樑。

推薦給讀者這本結構奇特令人滿足的推理小說。

by MANNSHIN

PROJECT KAGUYA

1

為什麼好像都沒有人發現莉娜的改變？這是最近讓瑪麗安非常納悶的事。

在她和莉娜創立的公關公司內，都沒有人提出來，是因為莉娜也是老闆嗎？不可能，公司一向的文化，不論職級都像朋友一樣相處，從來都是對事不對人，絕對沒有無謂的階級觀念，瑪麗安也曾被下屬指正過。

還是說，公司內所有人，都沒有發現莉娜的變化？

真的假的？公司上下幾十人，只有自己一個發現？

所謂變化不是指現在佔據莉娜辦公桌、電腦和手機的桌布，她那一歲兒子伊雲的照片。也不是現在偶爾因為伊雲不願去托兒所，令莉娜不得已晚點到公司的事，而是莉娜整個人給瑪麗安的感覺。

冷靜。是的，莉娜少了以前那種近乎冷酷的冷靜腦袋。當然不是說莉娜一瞬間變笨，但就是那一點點，一點點和從前不一樣的反應，就是那些微的差異，讓瑪麗安覺得不對勁。

之前公司的一個連鎖餐廳客戶，有個小孩在店內亂跑，不知怎的跑到酒吧後面，打破了很多瓶酒，並導致餐廳那個週末不能營業，小孩被酒瓶打破的玻璃碎弄傷，他的父母在網路發文聲討餐廳，後來更控告餐廳索償，而餐廳和它的保險公司則反告小孩父母疏忽導致損失。事件在網路上引起激烈討論。

「現在網民的反應還很兩極，一方認為餐廳沒有錯，大人沒有好好看管小孩理應負責；另一方認為餐廳酒吧對光顧客人的安全有責任。」一留意到事件在網路上發酵，瑪麗安和莉娜就和負責這個客戶的員工開會。「我們現在首要做的，是要阻止事件繼續被炒作。雖說是民事案件，但輿論的方向很可能會影響法官對當事人的觀感。」

「有幾個有轉載的網站和我們有交情，可以請他們把不利的文章刪除。」拜仁提出。他已算是公司的老臣子了。

「不，」瑪麗安一下子就拒絕了。「刪除文章只會引起更大的反彈。」

「餐廳的代表律師呢？那邊是怎樣想的？」艾比問，她去年才加入公司，是瑪麗安很看好的年輕人。「小孩父母又不是要求天文數字的賠償，其實一個週末的營業額，和打破的酒，息事寧人不是更好嗎？」

「不是錢的問題，是案例。」莉娜說。「先例一開，餐廳對顧客的責任就有可能無限擴大。」

「不只是餐廳損失，還有服務生的小費，週末的小費收入可能是他們一週的生活費。」拜仁邊說邊看著瑪麗安。

「對！服務生！」瑪麗安從座位跳起來。「把公眾的焦點轉到服務生那裡，這樣令餐廳退到背後，模糊企業大魔頭的形象，變成人和人的對決！」

「我去問客戶那邊拿受影響的服務生的名單，找幾個適合的，安排媒體『揭秘』。」

「最好找個單親母親，」瑪麗安下達指示。「變成可憐單親媽媽和教出小怪獸父母的對決。蘇菲，妳去查一下那個小孩的母親，先問一問律師那邊，說不定他們已經有資料。」

「妳想怎樣？」莉娜緊張地問。

「呃……任何人一定有弱點。看她這樣放任小孩亂闖禍、在網上發文，應該也不是聰明得到哪裡。」突然被這麼一問，瑪麗安一時間不知怎樣回答。

「所以妳要抹黑那個母親？」莉娜追問。「那小孩會很可憐！」

本來熱血沸騰的會議室，因為莉娜這樣說而靜下來。大家停下了手中的工作，所有人都看著瑪麗安。

「不要說抹黑那麼難聽。我瑪麗安．史曼斯在這行還是有我的專業操守的。視乎找到的是什麼，讓律師去交涉。」

「要小心過了誹謗的界線。」如果是以前的莉娜，一定會這樣說。她才不會問無聊的問題，她已經想到瑪麗安的計畫，並會直接指出瑪麗安想法的漏洞。

就是這一點點的不對勁。

當公關，是處理「人」的工作，就是要擄掠人心，控制群眾的思想和行動方向。所以一流的公關人才，一定要能夠看穿大眾的心理。雖然了解人的感情是必須的，可是感情用事卻是大忌。

瑪麗安和莉娜是念MBA時認識的，那時瑪麗安剛從跨國企業的人事部離職去念MBA，莉娜比瑪麗安還要年輕三歲，之前在顧問公司任職，也是班上最年輕的學生。

在一次小組討論如何為企業化解危機時，莉娜開始時還是靜靜的聽其他人討論，可是當她一開口，便提出了一個讓人嚇一跳的論點——

「那就把他們都解僱了啊。」除了論點讓人意外，當時莉娜的表情，掛著一個微微的笑容，說的時候側一側頭，垂在臉頰旁的金髮也跟著擺動，整個姿態看起來就像典型的專業大頭照。讓瑪麗安震撼的，是在那個內斂的笑容背後，卻是如此冷酷的提議。

「哈，妳怎能說得這樣簡單？」同組的男同學說。「一百人啊，妳要奪去一百人的生計嗎？」

「可是我們的當務之急，是為工廠老闆解決他的問題，並不是要保住那一百人的工作。」莉娜的頭側向另一面，並換了一個坐姿。

仍是那語調。表面聽來很誠懇，可是其實內裡一點感情也沒有，瑪麗安聽得出來。

「雖然是對，但這樣解僱一百人，對公司的形象也不好。」另一名男同學說。

「等等。」瑪麗安加入。「維護形象並不是主要目的，如果那是在最好方案面前的障礙，那讓我們想辦法清除這個障礙，不是嗎？」

「可是……」那名男同學還想抗議。

「你還想得到更好的辦法嗎？」瑪麗安用更強硬的語氣說。

其他人沒有作聲。

瑪麗安看到，莉娜向她投去一個目光，瑪麗安也看了她一眼。

惺惺相識。

「女人要幹起這事，真的比男人還狠嘛。」其中一名男同學吐出一句。

「你說什麼？」瑪麗安睨著那男人。

「唉唉，我說說而已，冒犯到妳們女性，我道歉。」男人舉起雙手，一副投降的姿勢，可是誰也看得出來，他根本不是認真道歉。這種表面上說男女平等，實際上毫不尊重女性的男人嘴臉，瑪麗安和莉娜在企業中可看多了。

「嗯，和男女無關，完全是能力的差別而已。」莉娜說時，連正眼都沒看那男人。畢業後，瑪麗安和莉娜分別在不同的企業工作了兩年，當瑪麗安有自立門戶的念頭時，她立刻想到莉娜，而莉娜竟然爽快答應。

「剛巧我也想轉換工作。」莉娜說。

那時莉娜剛結婚不久，本來瑪麗安也有懷疑，擔心莉娜不能全心投入公司。可是她沒有說出來，而之後事實亦證明她是過慮了。

可是一年多前，莉娜告知瑪麗安，她懷孕了。

「……啊，恭喜。」瑪麗安不知應否恭喜莉娜。她記得莉娜說過，她並不打算生小孩。

「哈，我知道，我說過不打算生。」莉娜輕輕撫著還沒有隆起的肚子。「可能年紀大了，心態也有點改變。可是畢竟已經這個年紀，要成功懷孕也不是容易的事，所以沒有告訴妳我們在努力。」

「應該早些告訴我啊！」瑪麗安笑說。「妳忘了我老公是幹什麼的嗎？」瑪麗安的丈夫是不孕症醫生。

「我們是打算順其自然，如果上天不給我們一個孩子，我們也就認了。」有莉娜這一句，瑪麗安就放心了。她還是一貫那個理性的莉娜。

可是不然。

畢竟算是高齡產婦，莉娜懷孕的過程並不順利，所以她決定提早放產假——對這瑪麗安也十分支持。莉娜不在公司的期間，瑪麗安的工作量當然變得繁重，因為以莉娜的資歷和能力，並不是可以隨便請個臨時工就可以頂替。

「只是半年而已，很快便過去了。」瑪麗安告訴自己。並且想到，自己的生意拍檔兼朋友，終於如願生下了孩子，她是打從心底替她高興。國家保障懷孕婦女放完產假不會丟掉工作，加上福利讓產婦可以放三個月的產假。雖然莉娜是老闆沒有這個福利，可是她也決定一年後才回到工作崗位。

當莉娜帶著幾個月大的兒子伊雲回公司探望大家時，大家也非常興奮，女同事都對那孩子愛不釋手，都要摸摸他胖嘟嘟的臉蛋。

「好可愛唷！」

「妳看，他在笑！」

「瑪麗安，妳看，他盯著妳耶！妳要不要抱抱他？」

「噢，不用了，我和小孩沒什麼緣。」瑪麗安推卻，她害怕抱著這樣軟趴趴的肉團，總覺得會不小心把嬰孩的頸折斷。

「妳不在的這幾個月，公司拿下了幾個大客戶，妳有收到我的電郵吧。」讓公司裡每個人都和伊雲玩了一陣子後，莉娜終於可以到瑪麗安的辦公室坐下來談。瑪麗安興奮的告訴拍檔生意上的好消息。「有一個還是在西岸的，看來我們是時候要開始想想在西岸成立辦公室的事。」

「對喔，我有看到，可是沒時間仔細看……」這時伊雲發出咿咿的聲音。「怎麼啦北鼻？媽媽和瑪麗安姨姨在談事情喔，你也想加入嗎？呵呵。」

瑪麗安只能微笑看著莉娜用了幾分鐘去逗伊雲。

「其中一家是『星星』，對，就是簽下不少年輕偶像的經紀公司，因為他們還沒有那個規模，想要我們協助他們處理一些公關工作……」

「瑪麗安妳看這個。」莉娜把手機舉到瑪麗安眼前，屏幕播著只穿著尿布的伊雲，躺著手舞足蹈的影片。「這是昨天拍的，我替他洗完澡，想要給他穿妳送的睡衣，他就立刻手舞足蹈，像是很喜歡妳送他的衣服呢。上面的恐龍圖案真特別，很有妳的風格。」

「哈哈，伊雲真可愛。哈。」

那套睡衣是瑪麗安買午餐時經過商店隨便買的，她根本不記得上面是什麼圖案。

莉娜放完產假回來上班的第一個月，瑪麗安想用「災難」來形容。和很多雙職父母一樣，莉娜早上把伊雲放在托兒所，黃昏就由她丈夫下班順道接回家，因為公關的下班時間都不穩定。可是畢竟是第一個月，瑪麗安都讓莉娜六點離開公司。

「我覺得很對不起伊雲。」她們去吃午飯時，莉娜突然說。「每天把他帶去托兒所，離開時他都哭得很厲害。」

「每個人都是這樣走過來的，我媽告訴我當年我也哭得很慘，過一陣子就習慣了。」

「妳不明白。」這時莉娜已經眼有淚光。「我覺得好像遺棄了他，沒有好好盡母親的責任。」

「妳說什麼啊？」瑪麗安放下手中的叉子。「妳在賺錢去養活他；妳在給他樹立一個社會人的榜樣；妳放他在托兒所，讓他從小學習如何與人相處；在托兒所雖然很容易生病，但那是給他在建立他免疫力。有哪一點妳不是在盡一個母親的責任？」

「妳不明白的。」莉娜嘆氣。「理性上我完全認同妳說的話，可是伊雲是我心頭肉啊，看到他那兩行眼淚，我就什麼也想不到了。」

對瑪麗安來說，莉娜回來後，並沒有顯著減輕大家的工作負擔，一來生意其實是多了，二來莉娜在一個月後還是六點就離開。雖然有時候她會待伊雲睡了後工作，可是在這爭分奪秒的行業裡，少了幾小時就是幾小時。

「要大家辛苦了，本以為莉娜回來後會好些。」一晚大家在加班時，瑪麗安對拜仁說，其實是在試探他的反應。

「沒辦法啦，莉娜要趕回去帶孩子嘛。」拜仁笑著說，可是他的黑眼圈已清晰可見。

「可是你家不是也有三個小孩嗎？」

「沒問題，我老婆在家。」瑪麗安也認識拜仁的太太漢娜，她是個醫生，也是瑪麗安丈夫醫學院的後輩。

「她不是在住院實習嗎？」

「啊，那去年就結束了。」

「那她是不是去念外科的專科？」瑪麗安記得，拜仁曾說過，漢娜想當外科醫生。

「不了，她在當家庭醫生，目前在診所掛單，希望遲些開自己的診所。」

「家庭醫生？她不是一直都想當外科醫生的嗎？我聽說她的成績很好的啊，如果需要推薦人的話，我肯定洛姆會很樂意……」

「不，那是她決定的。因為家庭醫生的工作時間比較穩定，在診所基本上就是朝九晚六，週末可以選擇不看診。畢竟我的工作時間不穩定嘛，像現在……啊，我不是在抱怨啦，我就是很喜歡這份工作，可是家裡有小孩，不可能父母兩人的工作都是這樣。因為我們的父母都不是住在附近，不能幫忙帶小孩。而我們又不想由外人帶，所以沒有請保姆。」

所以女人就是犧牲的那個。

如果拜仁早些問瑪麗安，她會建議拜仁離職去企業的公關部，或是上市公司的投資者關係部，那裡的工作量比他們這些做為代理的公關公司輕，大部分時間都不用加班。那他就可以準時回家帶孩子，而他老婆就可以追逐當外科醫生的夢想。

「真可惜，我們可能少了一個出色的外科醫生。」瑪麗安用半開玩笑的語氣說，可是她是認真的。做為母親，做為女人，好像設定就是要為孩子犧牲的那一方，明明相比之下她的能力可以讓她攀到更高的位置，明明她是念納稅人資助的公立大學醫學院。

「妳不明白的。」拜仁說著，瑪麗安看到他印著深深黑眼圈的雙眼，是真的流露著對太太的感激。「也許是女人的天性吧。」

真的是女人的天性，還是社會硬塞給女性的角色？自從有了伊雲後，莉娜在社交網站分享了很多「育兒智慧」——基本上都是說孩子需要很多很多的愛。很多從前在事業上拚搏的人，會分享他們怎樣後悔因為工作而失去和家人相處的時間云云。

對，什麼也不做，整天摟著小孩，愛愛愛愛愛就對了。

瑪麗安對此很不以為然，因為被分享這些話的人，都是事業有成位高權重孩子上私立學校不愁衣食的人，卻沒有人分享不工作拿社會福利金過活的人，說很高興不工作而有很多和家人一起的時間的。在三十歲選擇把時間心力放在事業上忽略家人的人，六十歲來後悔是因為那時他是六十歲，即使時光倒流他回到三十歲，三十歲的他仍是會作出一樣的選擇。

看多了，瑪麗安常常暗地裡吐槽。她記得，從小到大，她所接收到的資訊，都是在說男女平等，女生可以當工程師，男生可以當芭蕾舞者，只要努力追夢，沒有什麼可以阻擋自己。可是現在風向一轉，在「家庭至上」的大環境下，照顧小孩變成了最神聖最重要的工作，所有其他的事都最好要，不，是都必須讓路。反對這種看法的，是社會裡冷酷無情的惡魔。

在人事部工作過的瑪麗安，當然不會讓自己變成惡魔，起碼外人不會看出來。

「妳不明白。」

「這是女人的天性。」

這些話，瑪麗安聽了不少，對她來說，這些話，比當年在MBA因為是女人而被男同學調侃的話，更．加．難．聽。

瑪麗安心內的天秤失去平衡，是莉娜回來半年後的事。

公司的會議室坐了一個一頭金捲髮、戴著太陽眼鏡和口罩的年輕人。他旁邊坐了個身型像是夜店護衛的男人和一個穿著便服的女人。

「現在和你溫習一次明天的流程，賈斯柏。」莉娜說，邊把平板電腦遞到年輕人面前，瑪麗安站在房門旁邊，她今天只是在客戶前露露面，因為她答應過，「星星經紀公司」是莉娜負責的客戶。年輕人是現在冒起的偶像，只有十七歲的賈斯柏。可是也因為年輕，常常在公開場合說錯話。兩星期前他就因為說了疑似歧視亞裔的說話而被輿論指責，和莉娜他們商量後，經紀公司決定讓賈斯柏在媒體道歉，重申他沒有歧視的意思，然後閉關一陣子，讓輿論平靜下來。

明天賈斯柏要出席一個代言衣服品牌在百貨公司內的宣傳活動，可是一個激進平權團體已明言會到場抗議。莉娜他們已經和百貨公司溝通好，到時候會加強戒備，防止有滋事分子混入現場。

「我們安排了一個亞裔小女孩和你一起出場。」莉娜說著，可是瑪麗安聽到當莉娜說「小女孩」時，她的聲音有點顫。

她有點心虛，應該說，她不認同。

因為那是瑪麗安堅持的主意。

「為什麼？要那麼刻意？」賈斯柏有點不滿。

「網上很多惡搞你的照片，你看過嗎？」莉娜在平板電腦掃一掃。「都是惡搞你和亞裔明星的合照，網上的言論基本上覺得你現在不敢和亞裔見面，所以我們就讓你和亞裔同場。網上有些嗆你的問題，我們就安排了小女孩去問你那些問題。」

「什麼？」賈斯柏有些驚訝。「小女孩去問？沒問題嗎？」

「她可是專業的演員。」瑪麗安插嘴。「她會裝成童言無忌的模樣，所以你也要好好演，不要像唸對白的把答案背出來，你明白嗎？」

向賈斯柏和他的經理人解釋過活動的流程後，瑪麗安對這個客戶的工作也告一段落，因為「星星」是莉娜的客戶，所以瑪麗安也不想插手太多。

可是活動當天，瑪麗安接到下屬艾比氣急敗壞的電話時，她正在上水墨畫課。瑪麗安跟隨一位水墨畫大師習畫已經兩年。公司的人都知道，每個月的這兩個小時，是瑪麗安神聖不能侵犯的私人時間。

「瑪麗安，太好了，我還怕妳不會接電話。真的很對不起，我知道不應該打擾妳。」艾比一副得救了的聲音。「不得了，那些平權團體的人混了進來。現在正在場地附近聚集。」

「什麼？不是已經和保全人員溝通過嗎？」瑪麗安走到畫室角落。

「他們說那些人都是單獨或是一對對進入百貨公司的，看起來也不像激進分子，站在他們的立場也不方便阻止他們，免得被扣上種族歧視的帽子。」

「那莉娜呢？她怎麼說？」

「……」

「她在哪裡？」

「她……她不在這裡，她有事先離開了。」艾比的聲音越來越小。「剛才……剛才莉娜接到托兒所的電話，說伊雲腹瀉，要莉娜去接他回家。她把事情都交給我，本來她離開時一切還好好的，沒想到會有這樣的突發狀況……」

「現在現場有多少人看起來像是滋事分子？」

「大概……二十人左右……」

「妳不要慌，通知保全人員，活動開始後一有什麼動靜，就要不顧一切把搞事的人趕走，即使多亂也不怕。」

「嗯。」

「記著，是活動開始後，即是賈斯柏出場之後。」

和艾比掛了電話後，瑪麗安立刻致電賈斯柏的經紀人，之後再打了幾通電話。

第二天，賈斯柏的經紀人送了一大個精美的禮物籃到瑪麗安的公司來，作為謝禮。

蘇菲吃著裡面的黑巧克力，邊看著盯著電腦屏幕。

「不能吃有果仁的，那是要留給艾比的知道嗎？」瑪麗安經過蘇菲的座位，從後看她的屏幕。「拍得不錯。」

那是一張在網路上瘋傳的照片，是賈斯柏跪著彎著身子的背影，攝影師的角度，剛好拍到他懷裡的小女孩的臉，圓圓的眼睛流露著恐懼。

重要的是，賈斯柏穿著他代言服裝的外套，背部有那個品牌的標誌。這張照片，間接把品牌和賈斯柏英雄行動聯繫起來。

活動開始不久，在場的激進團體開始喊口號，而保全也跟著指示要把他們趕出去，這引起更大的反抗，現場一片混亂，賈斯柏立刻用自己的身體保護旁邊的小女孩。照片就是那時給拍到的。

這是在媒體上瘋傳的事件發生經過。

艾比這時回到公司，大家有的拍拍她的肩，有的在追問她現場的事。沒有人留意到，莉娜氣沖沖的走進瑪麗安的辦公室。

「這是什麼？」莉娜舉起手機。那是賈斯柏保護女孩的照片。

「啊，伊雲沒事嗎？我聽說他腹瀉。」瑪麗安把一包可可粉放到莉娜前。「這是在『星星』送來的禮物籃中的，妳帶回去給伊雲。」

「我不是說這個。」莉娜輕輕撥開可可。「還有，我離開時，賈斯柏不是穿這外套的。」

「妳離開後，發生了突發狀況，艾比不得已才打電話給我，我只有因著情況的改變而更改計畫。」瑪麗安微笑。她慶幸莉娜總算還沒完全失去她的敏銳。

「那這照片呢？這種角度，那個攝影師是妳一早就安排好的。還有，我問過艾比，當時的情況，根本沒有媒體形容的那樣混亂。妳還叮囑艾比，要保全人員在活動開始後才驅趕示威者，妳這不是擺明是要製造混亂嗎？」

「莉娜，這個活動對賈斯柏來說，是要從涉嫌歧視的醜聞中翻身，有什麼比一張捨身保護亞裔小女孩的照片更有力量呢？」瑪麗安攤開雙手。「當然，為了不得罪那服裝品牌，我特別叫賈斯柏穿上背面有標誌的外套，這樣皆大歡喜。」

「妳有沒有想過，萬一情況失控，小孩受傷怎麼辦？」

瑪麗安拆開包裝紙，把巧克力送進嘴裡。「那……今天新聞的標題就會是『激進亞裔組織衝擊百貨公司，傷及無辜自己人』。輿論的風向，就會從賈斯柏的疑似歧視醜聞，移到批評那激進組織，和對小女孩的同情。當然，我已確保現場有其他人員，只要我的攝影師拍到他要的照片，就會把女孩和賈斯柏帶離會場，保證不會受到嚴重傷害。」

瑪麗安看到莉娜一隻手緊握著拳頭。

「那是個小孩耶。」莉娜終於說話。

「妳那麼擔心小孩的安危，那當時妳在哪裡？」

「……我也不想，可是伊雲有狀況，我不得不去托兒所接他回家。」

那我呢？瑪麗安想。伊雲的事就是重要，伊雲的事就是逼不得已，其他人的事就不重要？因為不是和小孩有關，就不會是重要的事？所有的事就一定要小孩優先？

當然，曾在人事部工作的瑪麗安，十分清楚什麼能說，什麼不能說。

「瑪麗安，難道……妳一早就打算這麼做的？小女孩的作用，根本不是要和賈斯柏同場，或是裝天真去問賈斯柏問題。她……只是妳安排的……人盾。」

「如果妳在場，無論我安排了什麼，也派不上用場。」瑪麗安站起來。不能說，不能說，不能說，她告訴自己，但心底裡，有另一把聲音卻在慫恿她，要她把真正的想法，告訴這個多年的拍檔。「可是妳的腦袋，已經完全被孩子佔據，容不下其他東西了。所以妳看不出我的安排，看不出我真正為賈斯柏設計的計畫，妳……妳的感覺已經鈍了。」

莉娜一怔，她本來是要興問罪之師，沒想到自己反被指責。

「現在的妳，是這樣看我的？」

瑪麗安努力不讓自己的表情有任何變化，如果她表現得有猶豫，就會被看成自己覺得理虧，在這節骨眼上，她絕對不願意，也不覺得自己有任何地方做錯。

「也許妳說得對，瑪麗安。也許真的是荷爾蒙的關係，生了孩子後，我覺得……我感到自己的改變……真的，從前不屑一顧，覺得無感的事情，現在都會……那……像是感情決堤一湧而來……瑪麗安，妳不會明白的。」

我真的不明白。瑪麗安看著低下頭，快要哭出來的莉娜。我不明白的是，為什麼妳可以把自己的過失，簡單的推給生理的改變？

「妳不明白。」

——我是妳生意的拍檔，我對妳是拍檔的責任、公司夥伴的責任，理解妳的荷爾蒙轉變，並不是我的工作。

「妳不明白。」

——我當然明白妳是一個母親，明白一個母親要背負的種種，但並不代表要接受妳把工作上的責任看成次要。因為外面所有人也有他們看成重要的事，但他們都沒有硬要其他人接受他們把那些排在工作的責任之上。

「妳不明白。」

這樣簡單一句，作為所有事情的解釋，是瑪麗安最不能接受的。

因為瑪麗安並不是不明白。

2

那年的春假，尼斯很熱。

瑪麗安就讀的私立女子高中，每年春假都會安排不同的外遊活動給學生，讓工作繁忙的父母不用為閒賦在家的孩子費心。那年瑪麗安就參加了法語班的兩星期法國遊學團，第一個星期在巴黎市郊的寄宿學校上法語課，當中有在巴黎的觀光行程，第二個星期則會到南法的度假勝地尼斯上課，當然又有觀光的行程。

在尼斯，她們被安排住在當地學院的宿舍，校園外有家小咖啡店，路易就在那裡打工。在尼斯上完第一天的課，她們一班女生在附近閒逛，走進咖啡店時，瑪麗安就被路易吸引住了。

路易有著法國男孩的纖瘦身型和瀟灑的及肩金髮，清澈的藍眼睛反射著迷人的南法陽光。

那天黃昏，瑪麗安藉故不和同學一起，一個人溜到咖啡店。她帶著《小王子》小說的法語版，和其他客人不同，瑪麗安沒有選坐在外面的雅座，而是坐在咖啡店內的吧檯。假裝喝著咖啡看小說，其實是為了偷偷看路易。

快要天黑，其他客人也離開得差不多後，路易開始和瑪麗安攀談起來。

「妳喜歡《小王子》？」路易的英語比瑪麗安想像的好。

「我只有這本。」瑪麗安不好意思的說。他一定認為我幼稚又愛裝吧，瑪麗安想。

路易微笑著從櫃檯下面拿出幾本法國小說。「這幾本都好好看。」他說他在大學修讀現代文學，還侃侃而談對每本書的見解，可是瑪麗安根本沒有聽進去。

她只看到他那雙會說話的藍眼睛。

最後他還把書送給了瑪麗安。

「這樣好嗎？你還在看。」

「沒關係，我已經看了幾次了。」路易卻拿過瑪麗安的《小王子》。「那這本送給我，作為交換。」

他們就那樣聊到咖啡店打烊，瑪麗安離開時，路易開口邀約，瑪麗安也一口答應。

第二天，路易帶瑪麗安走在尼斯的大街小巷，他帶她去窄巷內的隱密特色小商店，他們在蔚藍海岸旁吃著晚餐，還上了山上看日落，最後路易帶她去酒吧，那是十六歲的她第一次在家以外的地方喝酒。

是因為尼斯的晚上也很熱，還是因為酒精的關係？瑪麗安感到自己雙頰發熱。

「很晚了，讓我送妳回去。」本來以為路易會有什麼行動的瑪麗安，因此對路易更有好感。

因為已經很晚，宿舍的大閘已經鎖上，是路易翻牆從裡面開門給她。

「明天……還可以見到妳嗎？」路易的藍眼珠，在月光下彷彿特別清澈。

「嗯。」離開之前，瑪麗安在路易的臉頰上飛快的吻了一下。光是這樣，已讓她覺得心快要跳出來了。

第二天晚上，路易帶瑪麗安來到一所房子，那裡在舉行派對，有很多和路易差不多年紀的大學生，瑪麗安覺得法國女生都像模特兒一樣漂亮。喝了一瓶啤酒和一些不知名果汁酒後，路易牽著瑪麗安的手到二樓的房間。他們一起研究屋主書架上的書、CD和電影DVD。

「是《愛在黎明破曉時》！」瑪麗安拿出其中一盒DVD。電影中男女主角在火車上邂逅，決定在人生各行各路前，一起同遊一天維也納，電影的結尾，是男女主角相約半年後在維也納再見。

「維也納……我還沒去過呢。」瑪麗安喃喃說著。

「半年後妳還在放暑假了吧？」路易問。「不如……我們就半年後在維也納再見。」

瑪麗安紅著臉點頭，當她回過神來時，路易的嘴唇已壓過來。

那是瑪麗安的初吻。

路易邊吻邊把瑪麗安推到床沿，失去重心的瑪麗安輕易的便被他推倒在床上，他的手撫摸著她的頸項，然後慢慢向下游移……

要不要推開他？可以相信他嗎？瑪麗安猶豫著。這時路易已經開始解開她衣服的鈕釦。

路易脫去瑪麗安的上衣，吻著瑪麗安的頸，她的肩，她的鎖骨……

「你……你喜歡我嗎？」瑪麗安輕輕推開路易，盯著他的藍眼睛問。

「我愛妳。」路易看著瑪麗安的眼睛用法文說，她不能想像有著這樣清澈的眼睛的人會說謊。

他不是一般的男生，他是真的愛著自己的，瑪麗安告訴自己，雖然認識只有一天，可是就像《愛在黎明破曉時》男女主角一樣，彼此就是命中註定的人。這時路易的臉已埋在她剛完成發育的乳房之間。她不敢告訴路易那是她的第一次，在她想像中法國人對這回事都是熱情而熟練，她不想輸給路易身邊的法國女孩，她只能緊閉雙眼，拚命抓住床鋪來忍受著那侵入來的疼痛……

那天之後，瑪麗安下課後立刻溜去咖啡店，可是都不見路易的身影。

這時瑪麗安才發現，她連聯絡路易的方法也沒有。

那天晚上她根本睡不著，倚著窗邊的她卻看到意外的畫面。路易輕易的翻過宿舍的牆，再從院子打開門，就像那晚開門給她一樣。瑪麗安一眼便認出，門外的女孩是珍納，比自己高一年級的同學。從他們在門後的纏綿，可以想到他們的關係匪淺。

瑪麗安想起，她一個人去咖啡店偷看路易那天，珍納因為要和負責人討論觀光的活動，整個下午和晚上都在開會。而昨天，她下午負責帶隊去參觀美術館，瑪麗安藉口累沒有參加，其實是和路易去參加了派對。

這時她才想，為什麼那晚路易會知道鎖上的後門可以從裡面打開？很明顯他對這裡很熟悉。當然，那時意亂情迷的自己並沒有想到那麼多。

珍納已經是第三年參加這個遊學團，她一定老早就認識路易。而自己，只是珍納沒空時路易拿來消磨時間的。

——被騙了。

第二天她們如常上課，珍納沒有對瑪麗安說什麼，看來路易沒有對珍納說。可是看著珍納的臉，想像她昨晚和路易到底去了哪裡做了什麼，瑪麗安不得不妒忌，可是她知道自己連那個資格也沒有。瑪麗安當然不會對珍納撕破臉，不能給同學知道，自己竟然會被法國男孩的甜言蜜語玩弄的醜事。

午休的時候，瑪麗安故意坐在珍納附近，她想聽聽她會不會提起路易。

「星期六晚上有派對？」其中一個女生問。

「嗯，我認識這裡的大學生，他們常常搞派對啦。」珍納笑著說。

「那是妳的男朋友？」另一個女生不懷好意的問。瑪麗安聽到不禁顫了一下。

「嘖，什麼男朋友。」珍納一臉不在乎。「只是玩玩而已，和法國男孩約會有趣多了，他們……嘻嘻，還是等妳們自己去發現吧。對了，如果真要玩，帶一、兩個保險套喔，不用我教妳們怎麼用吧？」

其他女孩立刻發出銀鈴般的嬌笑聲。

只有瑪麗安笑不出來。

和路易的維也納之約，當然沒有實現。

回國後幾個月，瑪麗安發現自己懷孕了。在她還沒想到要怎樣做時，在期末考快要完結的一天，瑪麗安回到家時竟然發現母親在家，然後就立刻被帶到診所檢查。她不知道母親是怎樣發現的，難道是從她的垃圾中發現她這幾個月沒有來經？母親不可能會看她的垃圾，是傭人起疑告訴母親的嗎？她不敢問，因為事到如今，母親是怎樣發現的已不重要。

「不能墮胎。」那天父親罕見地回家吃晚餐。父母是虔誠天主教徒，墮胎對他們來說並不是一個選擇。

「去哪裡好？」母親吃著她的沙拉。「西岸那邊有玻爾阿姨，如果遠一點的話，依莎貝表姊在托斯卡尼……」

「歐洲的孩子回歸歐洲？」父親竟然還能開玩笑。

從父母的對話，瑪麗安猜到，父母想把她安置到別處把孩子生下來，然後讓其他人領養。

「嗯……如果，說是我們的呢？」父親提出。「我也認識一些朋友，他們的孩子有些年紀也相差很多年，嘿，現在想來說不定……」

「這個時間點，有點困難。」母親看起來真的像是想過。「未來幾個月我有很多工作，不能不在公開場合露面，總不可能裝個假肚子吧。」

明明父母是在商量自己的事，但是瑪麗安彷彿是在聽別人的事，全沒有插嘴的餘地。

「你們不生氣嗎？」晚餐後瑪麗安問母親。

「生氣，可以改變事實嗎？」母親一步步逼近瑪麗安。「如果可以改變的話，我告訴妳，我和妳爸很生氣很生氣。可是，既然不能改變事實，我們能做的，就是想一個對所有人都好的解決方法，明白嗎？」

「嗯……嗯。」

「回妳的房間去，妳要哭要怎樣的都可以，不過一出了那個門口，就給我像樣點。」母親輕輕托著瑪麗安的下巴。「如果妳認為自己沒有做錯，就繼續抬起頭做人。」

瑪麗安坐在書桌前，她並沒有哭。

如果父母發飆的罵她，甚至打她，大概她可以痛快的哭個夠。可是現在，她根本沒有藉口哭。也許，就連哭的心情也沒有。

母親說得對，既然自己沒有做錯，就應該好好解決事情，然後繼續抬起頭做人。

最後決定了去西岸的玻爾阿姨那裡，期末考後，父母安排瑪麗安退學，理由是要搬去西岸陪伴年老的親戚。其實玻爾阿姨並沒有比瑪麗安的母親大很多，聽說從母親很小玻爾阿姨就很疼她，所以當母親告訴她瑪麗安的情況，玻爾阿姨二話不說便答應照顧她，並在那邊安排好手續，待孩子一出生便送給等待領養的家庭。

玻爾阿姨住在一幢在小丘上可以看到海的房子，她沒有結婚，也不像其他親戚般住在繁華的市中心，平日也鮮有和其他人來往。

——也許這就是父母選這裡把孩子生下來的原因。

瑪麗安孕吐得很厲害，體重掉了很多，只是稍微聞到濃烈的氣味就有想吐的感覺，她甚至想，乾脆把小孩吐出來就好了。

雖然產前檢查有照超聲波，但檢查人員好像都知道瑪麗安的情況，都是板著臉在檢查，並沒有讓瑪麗安看超聲波影像，也沒有說關於孩子的情況。

當她的肚子漸漸隆起，為了避開閒人的目光，除了到玻爾阿姨安排的診所檢查外，她不再去城裡閒逛，只在房子附近走走。玻爾阿姨家裡有很多藏書，時間非常容易打發。其中一個書架，上面有很多從前有關程式撰寫的書，瑪麗安聽母親說過，玻爾阿姨年輕時是矽谷早年少有的女性程式開發員，後來和幾個夥伴成立了創投基金，不少現在有規模的科技公司在早期也得到過玻爾阿姨的起動資金。

除了懷孕的不適外，本來瑪麗安沒其他感覺。直到第一次，瑪麗安感受到孩子在肚內踢自己，那時她才真正感受到，在自己的身體內，有著另一個生命。那不是看著可愛的小貓小狗的感覺，也不是小時候小心翼翼抱著嬰兒表弟的那份呵護之情。肚裡這個生命，流著自己的血，連著自己的細胞，他的血有我的血，他的心裡有我的心。

但自己連給他起個名字也不能。

瑪麗安不自覺流下了眼淚。

「妳真的要放棄這個孩子嗎？」懷孕三十週時，玻爾阿姨突然問瑪麗安。「如果妳改變主意，現在還可以。」

「別開玩笑了。」瑪麗安低頭繼續看書。

「瑪麗安，妳現在十六歲。我不想十年後，因為妳現在的決定後悔，或是因為今天的事，影響了妳將來的人生。」玻爾阿姨摘下她的老花眼鏡。「所以，妳不要用十六歲的心情來決定。想像二十六歲，甚至三十六歲的自己，那時候的自己，會有怎樣的心境？」

三十六歲的自己？

「玻爾阿姨呢？」瑪麗安把書闔上。「現在的妳，又是不是妳年輕時用現在的心境走來的？」

玻爾阿姨沒有回答，只是微笑著。

「那，」瑪麗安握著玻爾阿姨的手。「我就用今天十六歲的心境作決定，我保證，三十六歲，不，六十六歲的我，會為十六歲的我作的決定負責，不會後悔。」

「妳和妳媽一樣。」玻爾阿姨只丟下這句話，便回到她的房間。「女人還是不要太聰明，只會害苦了自己。」

「不，我不是像我媽。」瑪麗安笑著。「也許應該說，我和媽媽都像玻爾阿姨妳。」

「所以就是說只會害苦了自己。」玻爾阿姨緩緩站起來，像是喃喃自語的說。

「有時候憑感覺而行也不壞啊。」

瑪麗安最後沒有聽玻爾阿姨說的而改變主意，由於快要到預產期時已經被送進醫院，所以羊水穿破時完全沒有手忙腳亂，一切也如其他由父母安排好的事一樣，早在掌握之中。被送進產房，麻醉師來打止痛針，連旁邊握著瑪麗安的手的護士，都好像是父母安排好的。

還有母親表明玻爾阿姨不能進產房陪瑪麗安。

因為是無痛分娩，瑪麗安在感覺不到下體的情況下，不斷被催促「用力推，用力推」，她覺得已經使盡力但還是沒什麼進展，只能汗流浹背的做著她自己也不知是不是真的在推。

直到突然感到一下虛脫，彷彿便秘了很久而終於推出來的舒暢感，接著聽到嬰兒的哭聲。

第一次，她沒有覺得哭聲吵耳。天籟之音……大概就是這個意思吧，她想。

「讓我看一看他。」這一刻，她突然想，她想抱一下小孩，她想看一下，小孩有沒有那清澈的藍眼睛。

可是在場的護士迅速的清潔嬰兒的身體後，便把嬰兒抱走。

「讓我看一看他！」她只能看著護士的背影遠去。

身體復原後的那個秋天，瑪麗安在西岸繼續高中課程，只是她被送到寄宿學校，再沒有住在玻爾阿姨那裡。升上大學沒多久，一天玻爾阿姨在家裡中風暈倒，沒多久便過世了。母親出席了葬禮，但無視瑪麗安的抗議，母親不讓她去。後來她才知道，原來玻爾阿姨把房子和一筆錢轉到一個信託基金，而受益人只有瑪麗安一人。

那懷孕的日子，隨著玻爾阿姨的離世，就好像沒有發生過一樣，沒留下半點痕跡。

「史曼斯太太？」

——沒留下半點痕跡。

「史曼斯太太！」

「誒？」瑪麗安抬起頭，那一刻她以為自己還在產房，可是她發現眼前的護士制服不一樣。

對了，這是洛姆診所的護士。洛姆是瑪麗安的丈夫，他經營的不孕症診所就在瑪麗安的一個客戶附近。

「史曼斯醫生說還有兩個病人，如果妳餓的話……」

「今天的預約又超時啊？」瑪麗安微笑對診所的護士說。

「是……」護士不好意思的答。「之前有幾位都和醫生談久了……」

「沒關係，換了是我也會有很多問題。那我去買東西回來這裡吃吧。妳吃午飯了沒？讓我也買妳那份。」

「啊，不用了，謝謝。我有帶午餐。」

本來瑪麗安約了洛姆一起吃午飯，來到他診所等他的時候，想起莉娜一直說瑪麗安不明白不明白，讓瑪麗安不自覺想起，高中那段以為沒有留下半點痕跡的歲月。

瑪麗安又怎會不明白，十月懷胎的感覺？身體內的一塊肉，經過好多個小時的陣痛後驟然離開身體，本來應該相連的生命，她卻連看一眼、抱一下的機會也沒有。

——怎會不明白。

「咦？手機呢？」離開診所不久，瑪麗安發現沒有了手機。「準是掉在了診所內。」

「剛才那是醫生的太太喔？」折返診所時，在門外聽到候診的病人問接待處的護士。

「看起來好像是很能幹的人。」

「嗯。」護士微笑點頭。「她自己開了一家公關公司。」

「哇，那和醫生真的很匹配耶。他們的小孩一定很聰明。」

「唔……他們好像沒有小孩。」

「沒有孩子?他們最近才結婚的嗎?」

「不是,他們結婚也有……六年了吧。一直也很恩愛呢,史曼斯太太常常上來找醫生吃午飯約會。」

「那為什麼沒有生孩子?」

「呃……那個我也不清楚。」大概終於覺得自己太多話,護士立刻低下頭工作。

「這說不準吧。難道……是能醫不自醫?」

「一定是因為太忙了吧。」另一位太太搭話。「看她一副女強人的模樣,應該是不太喜歡小孩子的人。」

「那就很奇怪耶,不孕症醫生的太太竟然討厭小孩?」

——所以在短短幾句對話間,自己已經從單純沒有小孩的女人進化成討厭小孩的女人。

瑪麗安握緊拳頭,正想走進診所給這些說是非的三姑六婆好看。

「是我和太太都不想要小孩。」洛姆的身影突然出現,看來他站在那裡已經一陣子了。「那是我們的選擇,就如妳們很想要小孩一樣。賣魚不一定喜歡吃魚,也不一定討厭魚,可能只是喜歡吃肉多一點……嗨,親愛的。」

洛姆看到站在外面的瑪麗安,他快步跑出來牽著她的手。

「妳很餓吧，我中午前還有兩個預約。」

「不要緊，我去買些吃的回來，雞肉三明治？」

「妳最懂我。」說著他親吻了瑪麗安的臉頰。

「你剛才那樣說沒問題嗎？」瑪麗安咬著三明治。「他們可是你的『客戶』。」

「沒問題。」洛姆笑著。「他們不像妳的客戶，沒那麼容易得罪。」

「也是……反正現在越來越少醫科生去念專科了。」瑪麗安告訴洛姆拜仁太太的事。

「真的喔……那很可惜。」洛姆點點頭。「不過這也不是第一次，醫學院的教授也這樣說，說現在少了醫科生願意繼續念專科，甚至……」洛姆彎下身壓低聲音。「有些女學生甚至連住院實習也不幹，念完大學就算，沒有要當執業醫生的意思。」

「什麼？那麼辛苦考上醫學院，然後花了那麼多錢念完不執業？」

「聽說那些女生只是為了醫科學位，作為找對象的籌碼。她們醫科生的身分在家鄉或是她們的社區內，很受有錢人家歡迎，一畢業就嫁人不用工作。以前不是那麼大問題，但當女生佔醫學院新生多於百分之五十的時候，問題漸漸變得越來越明顯。」

真是諷刺，幾十年前女人努力爭取和男生同等接受教育的機會，可是最後還是回歸家庭。瑪麗安不禁想，有多少男生是因為這樣被女生擠了下來，失去了進入夢想學系的機會？

「啊，寶寶你不能走進去耶。」一個大約三、四歲的小男生跑進診所的員工休息室，像是他媽媽的女人趕緊跟在後面。

「醫生不好意思。」

「奧尼太太，沒關係。」洛姆蹲下來摸摸小男孩的頭。「你就是凱文喔？今年幾歲？」

「四歲！」男孩笑著高舉四隻手指大喊。

「好，好。你和媽媽乖乖的在外面看電視，等一下到醫生叔叔的辦公室好不好？」

「嗯！」男孩用力點頭，然後牽著他媽媽的手離開。

瑪麗安噗地笑了出來。「不知道還以為你是兒科醫生。」

洛姆盯著瑪麗安。

「喂，妳不要亂想。」洛姆輕輕拍打了瑪麗安的額頭。

「我才沒有。」瑪麗安低頭笑著，臉上帶著難得的靦腆。洛姆看穿瑪麗安在想，丈夫有沒有後悔沒機會當父親。

「瑪麗安，其實，如果真的要找的話……」

「停！你也不要亂想。我以前說過了，答案是『NO』。」瑪麗安舉起手。洛姆是想說，如果瑪麗安想尋找那時送給別人領養的孩子，他不但不反對，也願意協助。

一開始交往時，瑪麗安就向洛姆坦白自己的這段過去，那時她只是不想將來有把柄給別人握著。意外地洛姆不但接受，在他們結婚時，還問瑪麗安要不要尋找這個孩子的下落，當時瑪麗安就拒絕了。

如果孩子過得不好，只會內心有愧，甚至還可能惹上不該惹的；如果孩子過得好，就更不應打擾人家的生活。

「他應該是……二十幾歲了吧。」洛姆說。

「嗯，二十三，應該已經大學畢業出來工作了。」

「莉娜的兒子卻只有一歲多。」洛姆笑說。

瑪麗安嘆氣。「說起莉娜……」瑪麗安說著這幾天莉娜的種種，連她也覺得自己變成了個在丈夫面前喋喋不休的怨婦。

「你覺得我該怎麼做？」瑪麗安問，雖然她不期待洛姆真的能有什麼意見，但他能這樣聆聽已很足夠，因為她心裡已有答案。

「就像她當年說的話啊。」

「誒？」

「妳不是說過，當年在MBA，莉娜說了句狠話的嗎？既然是她自己說的，那妳對她做同樣的事她也沒轍吧……」洛姆不能說下去，因為瑪麗安已經捧著他的臉把嘴唇壓在他嘴上。

「怎麼啦？」洛姆笑著問。

瑪麗安什麼也沒說，她只是輕托著腮傻笑。

因為她所想的和洛姆一樣。

3

當那小飛機玩具掉進瑪麗安的咖啡時，她才回過神來。這時才發現自己原來緊緊握著手中的文件，信封都被握得縐了。真是的，創業的時候都沒那麼緊張，瑪麗安嘆了口氣。這是當然了，當時是兩個人去闖，畢竟她一個人只承受一半的風險，現在卻只是她一個人。

一個人，正在靜靜進行著她的計畫。

洛姆的想法和自己一致，他還記得曾向他提過，在ＭＢＡ時莉娜說的狠話。

「那就把他們都解僱啊！」

當年的莉娜，就是這樣一個狠角色。所以，她應該也不會感到驚訝，瑪麗安會走這一步。想當年，她們兩個女人，就是靠著這股狠勁一起去打天下。

這時她感受到一股視線。原來她身邊，站著一個小小的身影。

站在咖啡桌旁邊的，是一個小男孩。一頭棕金色的捲髮，圓圓的藍眼睛撐很大，在等待著瑪麗安說話似的。以世俗的標準來說，這男孩現在的表情非常可愛。

瑪麗安看看在咖啡杯裡的飛機玩具，和濺到桌上的咖啡，再抬頭看看附近，沒有發現男孩家長的蹤跡。瑪麗安再面無表情的看著男孩。

快道歉吧，瑪麗安心想。男孩看來已有六、七歲，看他的衣著很光鮮，加上瑪麗安現在身處銀行「尊貴客戶」專用的貴賓室，應該是有教養家庭的小孩，這個年紀應該有認知自己闖了禍，並懂得道歉的。

「嗯？」瑪麗安故意側側頭，再看看桌上的咖啡杯。

「對……對不起，我不是故意的。」男孩低頭小聲說著，可是他的眼還是盯著瑪麗安。

幹得不錯嘛，這個小男孩，大概他一直以來都是靠這副臉蛋和語氣討大人的歡心吧。瑪麗安再抬起頭，還是沒有男孩家長的影子。

「這架飛機是你的嗎？」

男孩點點頭。

「你知道這杯咖啡是誰的？」

「是大姐姐妳的。」

不錯喔，還懂得叫自己做「大姐姐」而不是「阿姨」，瑪麗安可以想像到男孩家長平日是怎樣教他待人接物了。

可是，現實世界是殘酷的，就讓你盡早有準備吧。

「既然你知道是我的咖啡，為什麼還會讓你的飛機掉進去呢？」

「……我不小心。」男孩有點著急，他沒料到瑪麗安沒有溫柔的笑著把飛機還給他。

「你看到因為你不小心，咖啡都濺出來了？」

「嗯。」

瑪麗安看到她的財務策劃師探頭出來。

「既然你知道那是別人的咖啡，還不小心在玩，所以現在飛機掉進我的杯子裡。」瑪麗安拿起裝著那玩具飛機的咖啡杯。「所以你是明知不小心玩會把玩具掉進別人的東西裡，還是這樣玩耍，那現在這飛機在我杯子裡就是我的囉。」

「可是我已經道了歉……」男孩的聲音越來越小，瑪麗安知道他明白自己理虧。

可是她頭也不回的走進去財務策劃師的辦公室。

我可是為了你好耶。瑪麗安想，現實很多事情，不是道歉就可以了事的，小時候玩具掉進別人的杯子，沒有受過教訓，長大了貪玩的闖進人家的地方，可是有可能會給開槍擊斃的。現在只是失去了玩具，但救了你一命啊。

「你認識那男孩的家長嗎？」瑪麗安問。
「嗯，我另一名同事的客戶，怎麼了？」
「那你可不可以替我把這交給你同事，讓他轉交那男孩？」瑪麗安邊說邊用紙巾抹乾淨那飛機玩具。
「好，好的。」財務策劃師從抽屜拿出一個文件夾。「這是我們根據妳名下那物業的估價，是這個金額。妳有幾個選擇，一是房屋信用額度，好處是每月只還利息，還是以簡單利息計算，而且比較有彈性，妳隨時也可以還清提取的信用額度，不過信用額的話就只能借到估值的六成。另外妳也可以做按揭貸款，好處是利息低一點，而且可以借到八成，不過就是複息，而且每月要還固定金額，如果要提早還清欠款會有罰款……」
「現在的按揭利率是多少？」
「那要看妳做定息還是浮息，浮息的話是最優惠利率減半厘。信用額現在的利息是最優惠利率加半厘。」
「……」
「史曼斯太太，妳回去想想再決定也不遲，畢竟這麼大的數目，要好好考慮清楚。」財務策劃師微笑著把文件夾交給瑪麗安。

離開銀行回到公司，瑪麗安便用公司的即時通，發訊息叫拜仁有時間到她辦公室。錢方面可說是沒問題了，只要西岸辦事處的人事準備妥當，就可以對莉娜提出收購她在公司的股份。瑪麗安和會計師商量過，知道那是一個非常合理的價錢，以莉娜現在的情況，她可以拿這筆錢去投資，那就可以全天候照顧伊雲。而且，瑪麗安要確保，當她提出這個提案時，莉娜在公司內實質上已被架空。

「星星經紀公司」在賈斯柏事件後，變成主要是瑪麗安在背後指揮艾比，所以莉娜現在沒有她負責的客戶。最近公司更破天荒和西岸的S市簽下合約，參與該城市競逐未來奧運會的宣傳和公關事宜，因為那是一個長線計畫，公司需要一個人全職領導在那邊的團隊。向西岸擴展一直是公司的長遠計畫，原來的計畫是，當成立西岸辦事處的時機來到，瑪麗安和莉娜其中一個會去，另一人留守這邊。瑪麗安不介意去，洛姆也很支持，可是以現在莉娜的情況，瑪麗安很懷疑她能不能帶領東岸的團隊，公司的生意不能等莉娜媽媽慢慢找回工作的手感。

瑪麗安沒有意願與不和她一樣拚搏的人分享這公司。

「瑪麗安，妳找我？」拜仁敲門走進瑪麗安的辦公室。

「嗯。」她示意拜仁關上身後的玻璃門。「拜仁，你知道我們拿下了S市奧運會的工作。」

拜仁點頭。

「這是我們期待很久的擴展機會，我們將會成立一個西岸辦事處，我需要一個有能力和經驗的人，過去那邊當總監。」瑪麗安稍微向前傾。「你怎麼看？這是很好的機會。」

拜仁是瑪麗安心中的最佳人選，他是公司老臣子，能力也得到肯定，由他去其他人不會有異議；而重要的是，他在公司幹了這麼久還在，顯示這個人野心有限。有能力而沒野心的人，是每個老闆的恩物。

然而拜仁沒有立刻答應。

瑪麗安也沒有說話，這個時候，要聆聽拜仁想怎樣，才能有效的說服他。拜仁沒有野心，可是他不是笨蛋，現在是提出要求的最佳時機。

來啊，瑪麗安想，告訴我你的要求，讓我猜猜你的底牌。

「瑪麗安，我很感激妳給我這個機會，但是……」拜仁深呼吸一下。「但是我們沒有搬家的打算。」

誒？本來準備聽到一個數字的瑪麗安一時反應不過來。她只能不讓自己的驚訝表現在臉上。

「之前太太也想過，北面的小鎮對家庭醫生的需求較大，搬到那裡收入會不會更好。可是孩子們已經適應了學校，在他們小學畢業前，不要說去西岸了，我們連搬離校區也不會。」

「如果你不想全家搬的話，不如你先過去，可以先看看環境，待辦事處上了軌道後，再決定要不要舉家搬過去？期間你可以每個月回來，公司會負責機票。」

「瑪麗安，對不起。我不可能這樣每個月只見孩子一次，這樣我也不能放心工作的。」

「現在科技那麼發達，每天都可以視訊啊，即使在日間也可以用手機和小孩聯絡。反正你現在不也是只有早上送他們上學和晚上那兩、三個小時和他們一起嗎？」

「那是不同的，做父母要隨時在孩子身邊，他們生病，我會想在床邊餵他們吃藥；他們被欺負，我會想邊摟著他們邊教他們要怎樣做；他們在學校被老師稱讚，我會想踏進家門的一刻他們跳出來告訴我……」拜仁的嘴唇有點顫。「我大兒子第一次叫『爸爸』的時候，我們在西岸出差，當我聽到錄音時，這邊已經是深夜，他已經睡了，我連親口讚美他一下都不能。自此我對自己說，盡可能不要錯過這些特別的時刻。」他一貫溫柔的聲線說著，可是他的語氣卻是那麼堅定。

本來瑪麗安還準備了其他方案，可是看到拜仁談著孩子的眼光，她就知道，她不可能說服他，再說下去，她怕會逼得他要辭職。

「瑪麗安，對不起。」拜仁一臉歉疚。

「不，」瑪麗安擠出笑容。「我倒是很高興，你這麼坦誠的告訴我你的想法。我最不希望的是一個有包袱的總監。」

拜仁一副放下心頭大石的樣子。「其實公司也有其他有能力的人，例如艾比，我覺得賈斯柏那件事之後她好像成熟了，而且她的老家也是在西岸。」

「嗯，我知道。我會考慮。啊，不要對任何人說，我指任何人。」

「知道。」

拜仁離開後，瑪麗安不自覺地拿著平板電腦的觸控筆不停在敲，這是她心緒不寧時不自覺的表現。

她一早猜到拜仁的取向，只是沒有想到是這個程度，她以為會有商量的餘地。

艾比毫無疑問是很有能力，可是還是年輕欠了點經驗，平日工作是有板有眼，不過遇上突發事情時，瑪麗安覺得艾比的應變能力還是差了一點點。本來如果拜仁帶著艾比去西岸的話，說不定一、兩年後艾比就可以勝任總監的位子，那拜仁也就可以回來——如果他接受短期赴任的話。但是拜仁根本不會考慮任何形式的變動。

不能錯過孩子的第一聲「爸爸」……嗎？

瑪麗安把筆丟向桌面，她拿起手機發了封短訊給她父親。

「在做什麼？」

「正在和查理叔叔吃午飯，等一下要去開董事會議。」瑪麗安的父親兩年前退休，現在是一家上市公司的獨立董事，還有擔當一些初創企業的顧問，但是瑪麗安創業以來，他都沒有給過瑪麗安任何意見。

「你記得我第一次叫『爸爸』的情形嗎？」

「不。」很簡短的回答。

「怎麼了？」大概收不到瑪麗安的回覆，隔了一陣子他再發短訊來。

「同事閒聊談起。」簡短回覆後，瑪麗安放下手機。可是沒放下多久，收到訊息的聲音傳來。

「三年前妳入圍創業家大獎。」

「我以入圍者嘉賓的身分受邀參加頒獎晚會。」

「我在酒吧旁邊，妳在不遠處喊了一聲『爸爸』，然後把我介紹給其他入圍者認識。」

「那晚開始我意識到，我的身分，變成『瑪麗安的爸爸』。妳那一聲『爸爸』，對我來說才是值得紀念的里程碑。」

「瑪麗安，我以妳為傲。」

當卡蜜兒推著嬰兒車出現時，瑪麗安在內心翻了個白眼，並已打定輸數。

卡蜜兒是瑪麗安以前的下屬，瑪麗安很看好她，可是六年前她丈夫患病，她決定辭職照顧丈夫，後來丈夫病癒後她有想過回來，但是因為剛巧沒有空缺，卡蜜兒就去了企業的市務部工作——那是瑪麗安最後知道的資訊。

「妳也看到，我還在放產假，還有兩個月……其實懷孕前我已調職到人力資源部，主要是做培訓的工作。」卡蜜兒笑著啜了口咖啡，不含咖啡因的咖啡，寶寶還在嬰兒車上睡。

沒有轉彎抹角，瑪麗安告訴卡蜜兒她約她出來的原因——瑪麗安打算親自到西岸處理新辦事處，東岸的公司她想找卡蜜兒回來幫忙，職銜和拜仁一樣。

西岸的辦公室還在起步，所謂山高皇帝遠，不能交給一個和公司及瑪麗安自己全無關係的人，所以瑪麗安最希望拜仁能去，然而現在只能退而求其次，由瑪麗安過去，拜仁留守在東岸，可是她不敢太指望拜仁會像自己一樣，折衷的方案是找一個瑪麗安信得過的人和拜仁一起負責東岸的事務。

「瑪麗安，謝謝妳。真的，謝謝妳想起我。謝謝妳覺得我是能勝任的人選。」

瑪麗安的心跳越來越快，一般這種台詞，緊接著的是「不過……」，而在「不過」之前的都是廢話。但是瑪麗安還是暗自祈禱，卡蜜兒並不是莉娜，她認識的卡蜜兒熱愛工作，她還記得當年她想回來公司時，那一副「我準備好了」的熱切。

「瑪麗安，看來我和妳的時間永遠不對。」卡蜜兒笑著。「哈哈，好像在和外遇情人說話。不過我是認真的，我想回來時公司沒有空缺，現在我不可能回去幹那種節奏和時間的工作了。」她看了看嬰兒車內的寶寶，粉嫩的臉稍微動了一下。

「妳不一樣，我知道。妳追求的應該不只這樣。」瑪麗安試著扳回，但她知道勝算有多少。

「以前的確是這樣，我現在是母親了，至少未來幾年，所有事都是會以她為先。」

「未來幾年？幾年後妳幾歲了？之前因為妳先生患病，離職就算是不得已，現在妳又說要為了女兒再遲幾年，那前前後後就錯過了十年啊。十年時間，新入職的都變成大前輩了。聽我說，趁女兒還小妳還年輕，找回拚搏的節奏，也讓孩子從小習慣母親的工作。」

「那不就是把薪水用來請保姆帶孩子？」

「妳知道我不會虧待妳。」

「妳不明白的，小孩這幾年很關鍵，怎能假手於人？」

「卡蜜兒，這是藉口，孩子每個階段也有不同的需要，妳永遠也會有原因留在家。我就是保姆帶大的，現在我不也是好好的？」

「所以妳失去了和母親的親密關係。」

「我只知道我現在為幾十人帶來工作，我母親當年有超過一千人在她底下做事。」

「妳說的我明白，可是我的世界，已經不同了。以前我的確有很多理想，我也覺得以我的能力一定能達到。可是現在，她就是我整個世界的全部。」

瑪麗安向後把身子倒在椅背。「又是小孩。」她嘆氣。

「對不起，又讓妳失望了。」卡蜜兒笑著拿起咖啡。

「女人一有孩子，世界就變了，可是世界根本沒變。」瑪麗安低頭笑著拿起咖啡。「如果同一個機會，男人會因為有孩子而放棄嗎？」她放下咖啡杯時沒有特別在意要輕放，杯子碰撞碟子時發出清脆的聲響。坐在鄰座的人也忍不住偷偷看了瑪麗安一眼。

然而卡蜜兒還是低頭看著她的咖啡。

「懷上了她時，還有就是決定在工作上退下來的時候，」卡蜜兒終於開口。「我覺得，考慮到丈夫的情況，做為妻子，我應該做出這樣的犧牲，因為我愛他，我打從心底裡愛著他。」

「我先生上個月開始了新工作。」她輕輕放下了咖啡杯。「決定接受那聘書前，他和我談了很多，新公司的文化、未來的同事、將來事業的發展……對，他從來沒有覺得，女兒是他不接受那份工作的原因。」

瑪麗安駕著她的跑車，即使車內的音響傳出輕快的音樂，她還是感到煩躁。

莉娜、拜仁、連卡蜜兒也是，他們的眼中只有他們的小孩。究竟何時開始，小孩成了世界的中心？瑪麗安還記得，她小時父母常常因為工作關係不在家，當大人不就是這麼回事嗎？

瑪麗安只覺得，拜仁和卡蜜兒的女兒，她們的母親放棄那麼多，為了給「最好」的去養育女孩，即使有再多的資源再好的教育，難道她們不知道，最大的教育，不就是母親的身教嗎？除非她們不生育，不然她們不也只是步她們母親的後塵，在黃金年華放棄其他可能性，去當一個像自己媽媽一樣、「給孩子最多的愛」的母親嗎？拜仁和莉娜的兒子，長大後不也是覺得，女人是應該在家帶孩子嗎？畢竟自己的媽媽就是這樣呀，這樣才是女人愛的表現。

玻爾阿姨——當年她用了大半生去證明女人的能力，到了今天女人還是走了回頭路。

油門越踩越低，瑪麗安追上了前面的車子。那是一輛ＳＵＶ休旅車，很多有小孩的夫婦很喜歡的車款，因為容易把小孩安置在安全座椅中，還有偌大的後車廂可以放和小孩出門要用的東西：在餐廳用的小孩座椅、嬰兒車，和裝著尿布玩具水瓶果汁小食消毒劑小童餐具濕紙巾的行李袋——現在和小孩外出都像行軍一樣。

果不其然，前面的ＳＵＶ後面貼著一個印著「Baby on board」的黃色貼紙，還有一個啜著奶嘴的嬰兒大頭圖案。

ＳＵＶ在左邊的車道以車速限制的速度前進，瑪麗安的車跟在後面也不得不慢下來。

哪有人在左邊車道以這樣的龜速行駛的？瑪麗安捏緊方向盤。ＳＵＶ的高度相對瑪麗安的跑車，就好像巨人泰山壓頂，讓瑪麗安的心情更加鬱悶。

有小孩在車上不等於你可以是個差勁的駕駛者。

夠了，瑪麗安吐了一句髒話，同時把車速放慢了一點，確定旁邊的車道沒有車，便俐落地扭著方向盤把車子抽到旁邊的車道，再使勁踏下油門越過ＳＵＶ，再切線到ＳＵＶ的前面然後在引擎的聲音襯托下絕塵而去。切道時她還故意靠得ＳＵＶ很近，像是差點要撞上的樣子，嚇得那ＳＵＶ立刻煞車。

越過ＳＵＶ的一剎，瑪麗安瞄了一眼那司機，是一個驚魂甫定的女人，當然還有後座的安全座椅。

果然是個差勁的駕駛者，剛才那笨拙的煞車讓瑪麗安更肯定這一點。說不定還嚇倒了孩子，現在在車上放聲大哭，可憐的母親卻不能安撫在後座的小孩。

「吃我的土。」瑪麗安冷笑。後鏡已經看不到那ＳＵＶ了。

然而那沒有讓瑪麗安的心情舒暢起來。

雖然有足夠的資本，但沒有能補上的人，還是不能踢走莉娜。

小孩小孩小孩小孩小孩小孩小孩小孩小孩小孩小孩……

如果這世上的人不用親自養育小孩，該有多好。

小孩小孩小孩小孩小孩小孩小孩小孩小孩小孩小孩小孩小孩……

如果大人的生活不用再圍著小孩轉，該有多好。

「那是什麼？」遠處一點抓住了瑪麗安的注意。

那是一點在移動的鮮綠色。看真一點，是一輛嬰兒車。路邊有個女人站著，她低著頭好像在滑手機，完全沒有留意嬰兒車溜出了馬路。

瑪麗安輕輕地踩著油門，跑車的引擎發出微微低吟。和剛才超越SUV的時候不同，車子只是緩緩的加速。

跑車越來越快，嬰兒車也溜到了馬路的中央，不過那女人還沒有注意到。

小孩是妳的責任，我可不能因為妳有小孩就要遷就妳——馬路可是給車行走的。

瑪麗安屏住呼吸，把油門再踩低一點。

已經可以清楚看到嬰兒車的輪廓，甚至認出嬰兒車的品牌。

——玻爾阿姨！

「老天！我究竟在想什麼！」腦海中突然出現玻爾阿姨的身影，瑪麗安像是沒有了呼吸的窒息者被救活的一刻，她重重倒抽了口氣，同時使勁踏著煞車和扭著方向盤。

因為這樣突然高速煞車扭轉方向，車子失控打滑，伴隨著車輪和路面摩擦的聲響滑過旁邊的車道和行人路，直撞進路邊的店舖。

在瑪麗安失去意識前，她只記得安全帶勒著她向前衝的身體、安全氣袋彈出的壓逼感和點點燒焦氣味。

4

瑪麗安睜開眼時，立刻了解到自己在醫院。

頭好痛……對了……自己出了車禍，撞進了商店……被安全帶勒著的記憶還在，可是為什麼頭會那麼痛的？有撞到頭嗎？她摸摸頭痛的地方，發現頭上包紮著繃帶。

「妳醒了。」洛姆放下手中的平板電腦。「妳昏迷了一整天了。覺得怎樣？我去叫醫生來。」說著他離開病房。

瑪麗安看洛姆剛才坐的沙發，有疊好放在一角的枕頭和被單，旁邊的小桌子還有簡單的日用品，看來洛姆在這裡過夜。

洛姆和醫生回來，身後還有兩個男人。那兩個人穿著西裝，瑪麗安猜他們是警察。畢竟發生了那麼大的車禍，警察當然會來做筆錄。

「瑪麗安，我們是刑事組的探員。」其中一人給瑪麗安遞上名片。

「刑事組……？」瑪麗安接過名片，上面印著那個人叫大衛，可是沒有姓氏，名字下面有一串英文字母和數字，和一個QR碼。現在警察的名片好奇怪，不過為什麼不是轄區，而是刑事組？對，因為她撞進了商店造成破壞，還有要調查她有沒有危險駕駛，因為危險駕駛是刑事罪。

「瑪麗安，妳記得當時發生了什麼事嗎？」

「我……當時駕著車……那嬰兒車突然衝出來，我為了避開它而失控……」瑪麗安當然不會說她大老遠就看到那嬰兒車，更加也不會說她煞車前故意一直在加速。

「怎麼……了？」瑪麗安問。她留意到兩名刑警面面相覷，表情有點奇怪。洛姆也一臉疑惑的看著醫生。

「難道……那嬰兒……」瑪麗安裝著震驚的掩著嘴。

「妳說嬰兒？」刑警側側頭。

醫生走到瑪麗安旁邊，亮起手電筒檢查她的瞳孔，又看看放在病床前的資料。

「送來時有輕微腦震盪，但是腦部掃描沒有看到什麼。如果不放心，我們可以再做多一次。可能因為腦震盪，加上才剛醒，記憶有點混亂也是會發生的。」

「嗯，親愛的，妳一定是近來工作壓力太大，才會有這樣的記憶混亂。」

「如果是這樣，」刑警說。「那等瑪麗安好了點，記起當時的情況的話，請務必聯絡我們。」他指了指那名片。

刑警離開病房後，瑪麗安捉著洛姆。「告訴我，那嬰兒是不是已經……」

「什麼嬰兒？」

「我……為了避開而出車禍的嬰兒車裡面的小孩。」

「車禍？妳沒有出車禍啊。」

瑪麗安一怔，頭痛的感覺又襲來。「如果我沒有出車禍，那我為什麼會在醫院？」

「妳真的完全記不起嗎？妳在公園被襲擊昏倒，懷疑是被硬物打到頭。幸好有人路過，把妳送來醫院，那時妳身上什麼證件也沒有，又剛巧漢娜在急診室看到妳……」

「我……當時是在駕車……」

「妳把車子停在路邊，走進公園後被襲，連車子也被搶了。說起來為什麼妳會去那公園？」

「我……真的沒有印象……」她盯著洛姆，突然好像發現了什麼。「啊，我沒事，你不用在意我，你快回去診所吧，你在這裡，病人的預約都搞亂了啦。」她看了一眼沙發。

「診所？妳指設施？沒關係的。這幾天我剛好不用當值。」

設施？當值？洛姆在說什麼？

「呃，我的手機呢？」瑪麗安在床邊的矮櫃搜索著。

「沒有，妳被送來時，隨身財物都沒有了。」

「嘖，準是被搶了。」

經瑪麗安再三堅持，洛姆終於離開醫院。

因為瑪麗安想好好想一想究竟發生什麼事。明明是車禍，為什麼會變成被搶劫襲擊？為什麼說起嬰兒時，所有人的反應都那麼奇怪？

那天晚上，瑪麗安想叫洛姆給她帶電腦和一支手機，因為手邊沒有手機，她走到病房外借用公共電話，本來是想打洛姆手機的，可是她不小心撥了洛姆診所的號碼。

「耶，打錯電話了。」這個時間診所也關門了。瑪麗安正要掛線時，另一端竟然有人接電話。

「洛姆醫生辦公室。」接電話的是瑪麗安熟悉的女聲。

「誒？伊芙？」伊芙是洛姆診所其中一名較年輕的護士，這個時間她還在診所幹嘛？

「瑪麗安？晚安！洛姆醫生說妳受傷了，妳沒大礙吧？」伊芙的聲音很開朗，像是很高興接到朋友的電話，完全不像幹了虧心事。

「謝謝關心，我已經好多了。呃……洛姆在嗎？」

「啊，他剛好走開了，他回來我叫他打電話給妳。」伊芙的語調還是很自然，顯然不覺得有任何問題——為什麼這麼晚她和洛姆會在這裡，而且她好像還不打算解釋。

「啊，不用了，沒什麼特別事情。」洛姆和伊芙？瑪麗安從來也沒有想過要懷疑他們，可是當這閘門一打開，這個念頭就像流水般源源不絕的湧進來。

第二天那刑警大衛再來，這一次他給瑪麗安帶了一些調查的資訊。

「我們找到妳的車子了，說來奇怪，就停在醫院不遠的停車場，那裡很破爛，剛巧有個休班警員到那裡，看到那麼漂亮的跑車覺得奇怪，一查便發現是失車。」

一如之前，瑪麗安仍是一臉茫然的看著他。「那……有什麼線索嗎？」

刑警搖頭。「很可惜，沒有。我們會繼續調查的，但是這種案子，妳的證詞才是破案的關鍵，所以如果妳記起什麼請立刻和我聯絡。」

——所以我什麼也記不得是我的責任嗎？「刑警先生，辛苦你了。如果我想起來的話當然會聯絡你。」瑪麗安微笑著回應。比起找到犯人，她更在意洛姆和伊芙的事。

因為瑪麗安有失憶的徵狀，醫生建議她再留院觀察幾天，以便再做一些檢查。這天拜仁便代表公司的同事們來探望她。

「瑪麗安，我看妳都不像有事，妳何時可以回來啊？公司沒有妳真的不行。」拜仁差不多是在哭求。

「沒有我還有……唉，算了。」瑪麗安本來想說還有莉娜，但她不想再提她，在瑪麗安心裡，莉娜可算是害她現在躺在醫院的元兇。而且如果莉娜真的幫上忙，拜仁也不會這樣說。

「現在大家都在等妳回來為『輝夜姬計畫』主持大局耶，醫生說妳何時可以出院？」

「『輝夜姬計畫』？」

拜仁盯著瑪麗安良久，然後輕輕摸摸她的頭。「天啊，瑪麗安妳真的有問題！妳不記得『輝夜姬計畫』了？」

輝夜姬計畫是哪個項目啊？怎麼自己一點印象也沒有的？瑪麗安看著拜仁，他不像在和自己開玩笑。

「就是因為洛姆醫生牽線才得到的項目……」

「你說洛姆？」

拜仁一說洛姆，瑪麗安又忍不住想起洛姆和伊芙。

「拜仁，」瑪麗安壓低聲線並湊近他。「我需要你幫我一個忙。今天晚上，我要出去一趟，你可以開車來接我嗎？」

言下之意，瑪麗安就是要偷跑出去。以瑪麗安認識的拜仁，可沒那麼容易要他幹偷雞摸狗的事。

「好啊，幾點？」

「拜仁，我知道要你這樣做是為難你……誒？你剛剛說什麼？」

「我說妳要我幾點鐘來？」

「拜仁，我是說我要偷偷出去。」

「行啊。」

「呃，那你等我電話。」拜仁那麼爽快，讓瑪麗安有點意外，平日拜仁一定會緊張兮兮的，問長問短要幹什麼。

下午瑪麗安故意給洛姆打了通電話，洛姆說晚上也要工作。「這個星期我都值夜班。」

什麼鬼話，診所哪有什麼夜班。

晚上十點後，很多病人都已經睡了，過了探病時間醫院內少了很多人走動。瑪麗安換了衣服，偷偷溜出去會合拜仁。

「要去哪裡？」

「去洛姆的診所。」

「診所？」

「啊，你不記得在哪裡？我帶路，先開出去右轉。」真是的，明明也滿常乘拜仁便車去洛姆的診所，怎麼他還是不記得路的？瑪麗安心裡咕噥著。

一路上，即使拜仁沒有說話，但是坐在副駕駛座的瑪麗安，可以感到他的不安。為什麼？即使聽到瑪麗安要溜出醫院他也沒什麼，為什麼現在一副不自在的樣子？

「這是哪裡啊？」當到達診所所在的醫務大樓時，拜仁透過擋風玻璃打量著。

「咦？」沒有閒暇理會拜仁奇怪的話，因為此刻瑪麗安也感到很困惑。

整棟大樓沒有半點燈光。這本來很平常，因為醫務所一般都只在辦公時間營業。可是洛姆明明說自己要工作，然而他的診所也是漆黑一片。

難道……洛姆和伊芙，不是在診所鬼混，而是上了飯店？瑪麗安拿出向拜仁借的手機，撥了診所的電話。

「洛姆醫生辦公室。」又是伊芙的聲音。

「呃，伊芙，是我，洛姆在嗎？」瑪麗安邊說邊走進大樓，她沒有理會在後面的拜仁，因為她不想他看到自己崩潰的一刻。

大樓漆黑一片，是因為洛姆和伊芙不在這裡，他們把診所的電話轉駁到手機。而從伊芙用辦公的口吻接電話來看，這一定是專門辦來接駁診所電話的手機。

「妳等一下，我給妳轉過去。」

為了偷情，洛姆和伊芙連這也安排好。這不是一時的意亂情迷。

「親愛的，怎麼了？是不是有什麼不舒服？」洛姆的聲音很溫柔。

「沒什麼，我忘了說明天有幾個檢查，你不用來，免得你撲空。」

「檢查是幾點？我過去陪妳。」

「不用啦，又不是小孩子。洛姆……」

「嗯？」

「你在做什麼？」

「當然是在工作啊。」

——說謊！瑪麗安忍住眼淚。「我在樓下。」這樣一句就足以拆穿他的謊言，但也表示把這段婚姻推到無可挽救的境地。

瑪麗安在猶豫之際，目光掃過電梯旁的牌子，那是標示著這棟大樓每個單位的診所名稱。

洛姆診所在501室，可是現在牌子上斗大的字寫著的，並不是洛姆的名字，而是「肯尼醫生——耳鼻喉專科」。

「瑪麗安，妳來這裡是要做什麼？」回到車上，拜仁終於開口問。

「洛姆……診所……」奇怪，那裡明明是洛姆的診所，可是牌子卻說是別的醫生。和洛姆掛線後，她仔細查看那牌子，可是完全沒有洛姆的名字。瑪麗安還走上去五樓，因為說不定只是管理員一時搞錯了，乘電梯時她還在咒罵管理公司服務不周。

但是那不是搞錯，本來應該是洛姆的診所，玻璃門上印著的，是那個不知是誰的耳鼻喉醫生。

「診所？洛姆？他要自己出來開診所？」拜仁皺著眉說著。

瑪麗安想著不同的可能性，難道洛姆的診所經營出了問題而倒了？不可能，自己前幾天才上過診所，自己也一直有幫忙看診所的帳目，所以診所經營不善倒閉這個說法根本不成立。

「那不可能吧……以他的專科出來開診所……」拜仁還在絮絮唸，不過瑪麗安完全沒聽進去……

「雖然我不是醫生，但我也知道妳很有問題。」回到醫院，拜仁沒有離開的意思，甚至坐在沙發上。「妳好像完全不記得最近的事。」

「這不用你說。」瑪麗安沒好氣地說。洛姆的診所變成那樣，她一點印象也沒有。

「但是呢，」拜仁從手提包拿出平板電腦。「妳常常說『表演還是要繼續的』，公司的事是不會等人的，『輝夜姬計畫』已經不能再拖了，既然妳記憶還沒恢復，讓我先協助妳重溫一些背景資料。這裡，這個文件夾裡的是計畫的背景資料。」

「這是我家的平板耶。」

「對啊，昨天一聽說妳出事，晚上我下班後約洛姆拿的，之後再把資料整理好放進去。」

「那你不是整夜沒睡在家加班？家裡的事沒關係嗎？」她指照顧孩子的事。

「沒關係啊，反正漢娜昨晚也值夜班。」

瑪麗安不禁摸摸拜仁的額頭。「看來你也有事，要不要也檢查一下。你老婆怎會值夜班？」瑪麗安記得，拜仁的老婆在家庭醫生診所掛單執業。「對了，洛姆說幸好我被送來時，漢娜認得我，因為我的隨身物品都被搶了，她為什麼會在醫院的？」

「妳連這個也不記得了？」拜仁一副哭喪的表情看著瑪麗安。「我老婆是急診科嘛。算了，我先給妳簡單講一下再回去吧。這個政府國養部的計畫，全靠洛姆在設施工作的人脈才拿下的，所以妳之前不停耳提面命我們要打起十二分精神，不容有失的……啊，這是麥肯錫做的研究報告，國養部就是因為報告的結論而決定進行『輝夜姬計畫』的。所以妳讀完麥肯錫報告應該會想起來。」

國養部？沒聽過的部門，不過現屆政府會開發新的部門並不奇怪。瑪麗安邊想邊開始看麥肯錫報告。

看了幾頁之後，她放下平板。「冷靜，瑪麗安，冷靜……」拜仁看見瑪麗安喃喃說著。

「拜仁，這醫院是全科醫院不是嗎？」

「嗯。」

瑪麗安記得，拜仁三個小孩都是這裡出生的，她還來過探望嬰孩。瑪麗安跳下床，連拖鞋也沒有穿便跑出病房。深夜的醫院，只有零星的一些重病患者的家屬和當夜班的醫護人員，瑪麗安的跑步聲在他們當中顯得很不搭調。

為什麼昨天竟然沒有注意到？在醫院走動時應該早留意到了。

來到電梯大堂，她直走到電梯旁的指示牌。

難怪都沒見過孕婦和小孩——這個全科醫院，沒有產科。

「病童醫院！」瑪麗安拔腿跑到外面，病童醫院就在隔兩個街口，一定是的，一定是因為忙著公司的事，忽略了最近什麼醫療改革，所以老公沒有再經營診所，拜仁老婆當了急診醫生，醫院的產科搬到了病童醫院。

瑪麗安一邊跑著一邊想著這些理由，可是她仍感到她頭頂從內滲出的寒意。

看到了看到了，隨著那棟米黃色的建築映入眼簾，瑪麗安鬆了一口氣。

然而她的安心並沒有持續很久。

醫院的大門前，漆黑的夜色下，本來應該是被明亮的射燈照著，豎立著「市立病童醫院」和小孩卡通的標誌，現在卻是「市立第二全科醫院」。

5

「……國養法屬於聯邦法律，法律上定義兒童屬於國家的財產和責任。凡十八歲以下的兒童必須由國家養育，全國男女必須在十六歲生日半年內，接受身體檢查，如身體狀況適合生育便會獲得『准生證』，並每年續領。不論是婚內還是婚外懷孕，只要父母持有有效『准生證』，在醫生決定適合的時間，搬到國養部設立的設施，由專人護理直到生產，生產後嬰兒會直接送交設施的育兒處。在育兒處由負責照顧兒童的，是矢志培育社會下一代的全職人士，加上不少擁有豐富人生經驗的退休人士當義工，他們都通過嚴格專業訓練，所以在育兒處生活的兒童，接受最適當的生活照顧和教育……

……國養法的原意，一來可以完全釋放父母的勞動力，讓父母在完全沒有照顧下一代的包袱下，在事業上全力打拚，促進社會發展和增加稅收。另一方面，兒童不會因為家境差距而影響發展……

……雖然國養法令年輕人無育兒的壓力，可是過去五年出生率卻一直下降，根據去年的數據，適育年齡男女的比例是1：0.96，而每名適齡女性平均生產1.03

名小孩，特別是在二十到三十歲，擁有大學學歷，被國家視為目標父母的一群，出生率更只有每名女性生產0・95名嬰兒。這表示新生嬰兒並不能在世代交替時完全取代他們的父母，長遠導致人口下降，將會引發各種社會問題……

……根據麥肯錫的研究，國養法本質上是一種稅項——原因是對適齡女性來說，雖然在設施待產的安排會盡量不影響原來的生活和工作，可是考慮到還是對生活和工作的干擾，加上憂慮懷孕和生產對身體的影響，對夫婦來說，懷孕生產是一項付給國家的成本，也就是稅項。收入越高懷孕生產的機會成本（稅率）就越高。和所有稅項一樣，收入越高，越有動機和能力去避免繳稅……

……要刺激出生率，先要針對懷孕生產是成本這個既定印象。除了金錢上的誘因外，建議從公關著手，提高夫婦對懷孕生產的情感動機……」

——節錄自麥肯錫〈國養法和出生率研究報告〉

＊＊＊

念MBA前，瑪麗安從來不會想出席晚會派對這種場合。然而她發現，事業要更上一層樓，人脈往往比能力重要。雖然父母有不少人脈關係，但是她要建立屬於自己的網絡。

不過可笑是，這晚她是靠在醫院當董事的姑丈，才拿到這個醫院慈善晚會的餐券。瑪麗安穿著一襲簡約的深藍色晚裝，配上款式簡單的鑽飾，不搶風頭之餘又不失禮。在晚餐前的雞尾酒時間，她在不同的政商人士中打轉，大家都對這個赫頓家的女兒很感興趣。吃完晚餐後，瑪麗安感到不只一般的累。

今晚就算了吧，ＭＢＡ前的工作講了十九次，聽同一大學ＭＢＡ出身的前輩們講校園逸事聽了十二次。就和一些和父親比較熟的朋友打個招呼就離開吧，瑪麗安這樣想，可是完成後已是四十分鐘後的事了。

「巴利叔叔，我今晚就先走了，很高興今晚能在這裡和您碰面呢。」和最後一位前輩打招呼時，他旁邊有一個拿著大衣男人，看來那人也是準備離開。

「啊，瑪麗安，這麼早就要走了？」

「早？巴利叔叔你玩得太高興啦，現在已經很晚啦，我明天還要早起。」

「好，好。對了，瑪麗安，這是洛姆。」巴利向瑪麗安介紹那男人。

「您好，洛姆．史曼斯，很高興認識您。」洛姆微笑著和瑪麗安握手。

「瑪麗安．赫頓。我也很高興認識您。」

「啊，赫頓小姐，您說您要回去了？您是開車還是要叫車？」

「叫我瑪麗安，我打算乘計程車。」

「那剛好，我也是要去計程車站，一起走吧。那巴利，晚安。」說著他讓瑪麗安先行。「巴利就是這樣，一開口就停不了。妳來之前我在那裡站了五分鐘了，本來我只是想打個招呼就離開的。」洛姆邊走邊在瑪麗安耳邊輕聲說。

瑪麗安忍不住掩嘴輕聲笑起來。

「洛姆醫生你的工作很忙碌吧。」

「咦？妳看得出來？」

「皮鞋。」瑪麗安停下腳步，指著洛姆腳上的高級黑色皮鞋。「和你的皮帶顏色不配。」

洛姆的皮帶是棕色的。

「而且以你身上這套西裝，這雙皮鞋也太隆重了。啊，我不是指你的西裝是便宜貨——事實上這是剪裁和布料都很好的西裝——我是指這雙皮鞋分明是配禮服的。從你會選這身衣服和皮鞋，不像是會犯這種程度的錯誤的人。我猜，你白天應該不會給人看到皮帶，所以顏色不配也沒關係，例如披著白袍的醫生，加上今天晚會的主辦單位，我就肯定你是醫生了。」

「我懶得回家換衣服，便把禮服帶到診所，鞋就乾脆穿上班省得多帶一雙。但是看診晚了，結果太趕連衣服也忘了換。妳說妳姓赫頓？我還以為妳姓福爾摩斯。還是福爾摩斯是妳娘家的姓？」

「你這是在打探我結婚了嗎？」

「啊，對不起，我，我……」

「我說笑而已啊！」

「赫頓小姐……」

「瑪麗安。」

「瑪麗安，唔……可能我真的是在打聽啊。」洛姆突然站直身子。

「呃，洛姆你是哪方面的醫生？」瑪麗安轉移話題。

「不孕症。」

「啊，就是做人工受孕那種？」

「那只是其中一環。」洛姆的表情放鬆下來。「我大部分的病人，都不需要利用人工受孕技術也能成功懷孕。只要找出原因，才能更有效對症下藥。例如我們會先搞清楚不孕是男方還是女方，呃，甚至可能是雙方的問題。一般來說，我們先要確定雙方健康全無問題，有些人看起來很健康，可是說不定內分泌等方面有問題導致不育。

而且，而且很多時候，壓力也是造成難以成孕的原因。」

「所以你不是治療不孕症這個症狀，而是先要找出導致不孕的原因，再對付那個根源。你不是醫生，你其實是偵探，福爾摩斯先生。」

洛姆點點頭。「不對，我是醫生，所以我是華生，福爾摩斯小姐。」

＊＊＊

瑪麗安睜開眼睛。

出院回家的第一晚，瑪麗安就夢見當年和洛姆邂逅的情景，那之後兩年，她從瑪麗安·赫頓變成了瑪麗安·史曼斯。

「親愛的，怎麼了？」旁邊的洛姆感到瑪麗安的動作，他坐起來亮起了床邊的燈。

「對不起，弄醒你了？」瑪麗安坐起來伏在洛姆的肩上。「告訴我，我們是怎樣認識的？」

「大學的慈善晚會，妳以榮譽舊生身分受邀出席，我們同時拿外套準備離開，我們邊走到計程車站邊聊。妳看出我是醫生，我說妳是福爾摩斯，我是華生。」

「哈，因為你是醫生。」

「對，妳記起來了？」

「……那時我是不是問了你是哪方面的醫生？」

「有啊，我說我是兒科，還有因為小孩不會說話，所以要從小孩的情況，推斷究竟孩子有什麼病，或是不是真的有病。」

對，在這個世界，洛姆不是不孕症醫生，而是兒科醫生，在這城市的育兒設施內工作。在這個世界，兒童都是由國家統一養育，夫婦即使不孕，也沒有需要醫治，因為國家只讓健康的男女自然受孕。

從車禍醒來後，瑪麗安發現自己來到了這個平行世界，在這個世界裡，國家實施〈國養法〉，父母並不會養育自己的子女，每個人都是在國家的養育設施長大的。

一開始，瑪麗安以為自己在做夢。她嘗試學電影一樣，找了個陀螺不停去轉它，可是不管轉幾次，它很快便倒下來，證明自己不是在做夢。

在床上轉輾反側捱到天亮，瑪麗安決定到外面來個晨跑再到公司。跑了五公里，瑪麗安來到了平日常來的咖啡店。她看到大門附近的位置空著，猶豫了一瞬，她小心翼翼的在那位子坐下來。沒多久，有個年輕女生來到，只有她一個人。她看了一眼瑪麗安，微笑著和她點一下頭，便坐在她旁邊的位子。

在原來的世界，這個女人每天會推著嬰兒車，帶著應該是她的女兒來吃早餐。和汽車一樣，現在的嬰兒車的體積也越來越龐大，之前她嘗試坐裡面一點的位子，但那龐然大物總會撞到其他客人的椅子，然後她就會皺一皺眉，一副被欺負的嘴臉，像是排除萬難般蠕動到店內，漸漸地，她只坐在近門口的位置，因為只有那裡可以容納她的巨型嬰兒車，雖然那完全阻礙了其他客人在店內走動，而來這裡的熟客，也很自動自覺地不坐那裡。

在這個世界，女人不再推著嬰兒車——因為她不再親自養育自己的孩子。

瑪麗安心裡不禁失笑，來到這樣一個奇異世界，她想做的，竟然是要坐一坐那個位子。

「妳……這幾天沒有來呢。」女孩突然和瑪麗安說話，這是在原來的世界不可能發生的事，每一早她眼中都只有那嬰兒車中的小孩，根本不會留意其他人。

「啊，是啊，我受了傷在醫院住了幾天。」

「那妳沒有大礙吧？」女孩一臉關切。

「謝謝，已經沒事了。」

之後她們聊了一陣子，談起瑪麗安住院時女孩談到醫療趨勢，一問之下原來她從事醫療器材研發，瑪麗安發現女孩很開朗也很健談，她原來就是這種性格的嗎？她原來也是個科研人員嗎？在瑪麗安印象中，她每天只是在咖啡店坐下來就好像完成萬里長征一樣，然後又要照顧小孩吃的，昨天可能乖乖的吃著可頌，今天卻把麵包丟走，昨天給也不肯喝的果汁，今天又哭鬧著要。然後不知看到什麼就會掙扎著要離開嬰兒車，女孩好不容易又哄又給扯頭髮也不能安撫他。偶爾她沒那麼狼狽終於可以安靜坐下來時，會有人在逗她孩子玩時會和她聊上一兩句，而女孩總是只會聊有關孩子的話題。

沒有孩子，父母不用趕著接送孩子上學放學學游泳跳舞溜冰畫畫比賽，不用在餐廳聽父母用小孩話又哄又求才知道小孩要吃什麼，不用在社交媒體被小孩上學睡覺吃飯畫畫唱歌的影片洗板。

當然，因為日常生活中沒有小孩，雖然這裡一切的人際關係並沒有改變，但是各人相遇的細節有微妙的差異。例如洛姆現在是兒科醫生，還有所有人不會有從家裡上學、或是和父母一起的回憶。幸好遇上這些不協調時，瑪麗安都能藉口遇襲後記憶混亂搪塞過去。

看了看手機顯示的時間，瑪麗安離開了咖啡店。回家換了衣服，瑪麗安駕了洛姆的車到她遇襲的公園，也就是在原來的世界她發生交通意外的地方。在原來的世界，馬路旁是一排小商店，在這個世界，那排店鋪變成了公園。她把車子停在一邊，量度距離後，找到大概是她撞進那個店子的位置。

這裡難道是兩個世界的通道？如果在這個位置衝過去，會不會就可以回到原來的世界？瑪麗安想。

今天的天氣，現在的時間，和車禍那天差不多一樣。她退後幾步，向著當時撞車的那點衝過去。

「吔——」不過異世界之門沒有開啟，瑪麗安一個兒跌在地上。

難道還是要用車撞？

瑪麗安走上駕駛座，她緊緊握著方向盤，深深吸了口氣。她盯著前方，準備踏下油門。

「咦？」瑪麗安瞪大眼睛。前方那一點，就是當日那嬰兒車滑出馬路的地方。在這裡，不會再有嬰兒車滑出馬路，嬰兒車……瑪麗安想起剛才咖啡店的女人。沒有照顧孩子的責任，女人散發著不一樣的光彩。

這裡，是只有大人的世界！

——我真的想回去嗎？瑪麗安拿起手機，她想發訊息給洛姆，在這個世界，洛姆仍是那個洛姆。這時她無意間打開了新聞的應用程式。

「見鬼！」看到新聞的頭條，瑪麗安忍不住叫出來，並立刻驅車回公司。

當拜仁回到公司時，瑪麗安已坐在她的辦公室內，皺著眉盯著筆電的屏幕。

「哇！瑪麗安！這麼早吔！」

「你不是說要我早些回來接手『輝夜姬計畫』的嗎？」瑪麗安還沒有正眼看拜仁，只是把筆電轉到他的方向。「那你可不可以告訴我這是怎麼回事？」

看到筆電屏幕上映出的新聞頭條，「**『輝夜姬計畫』出師不利！國養法改革胎死腹中？**」拜仁抿著嘴睨著屏幕。「嘖，真是的，是哪一家？我明明已經和當天出席的媒體溝通過，他們還是……」

瑪麗安舉起手。「新聞的事等一下再說，現在我要你做的，先給我一個五分鐘的簡報，簡介『輝夜姬計畫』和我們公司在這個計畫裡的位置，還有這個出師不利是怎麼回事。」

「好，好！」拜仁匆匆忙忙放下公事包。「妳看過麥肯錫的報告了嗎？」看到瑪麗安點頭，拜仁便繼續：「根據麥肯錫的建議，國養部決定進行以鼓勵生育為目標的公關工程，在眾多投標的公關顧問公司中，國養部選了我們擬定的『輝夜姬計畫』——這是一個試驗計畫，簡單來說就是讓適齡夫婦參與養育小孩，並把過程記錄下來，製作成真人秀短片，利用社交媒體影像平台等推廣，提升生育小孩的父母的形象，藉此提高適齡男女的生育欲望。」

「哦，所以叫『輝夜姬計畫』。」瑪麗安點著頭。

「輝夜姬」又名「竹取公主」，是日本的神話故事。講述一對年老無子、以伐竹為生的夫婦，一天在竹林裡看到其中一棵竹子在發光，老翁把它劈開後發現裡面竟然有一個很小的女嬰。老夫婦把女嬰收養，並給她取名輝夜姬。雖然輝夜姬並不是他們親生，但是他們還是把她撫育成人。輝夜姬長大後亭亭玉立，引來不少人來提親，可是都給輝夜姬拒絕，最後輝夜姬更在老夫婦面前升天，留下了把她養育成人的夫婦。

「瑪麗安，妳怎麼說得好像不關妳事一樣？『輝夜姬計畫』是妳的『徒弟』耶。連名字也是妳定的！嗯……怎麼了？」看到瑪麗安突然定睛，表情也奇奇怪怪的。

「沒事。」瑪麗安莞爾。如果是在以前的世界，拜仁剛才應該說「『輝夜姬計畫』是妳的『孩子』」，來形容那密切的關係，可是在這裡，「孩子」的關係並沒有「徒弟」來得親近，連用語也不同了。

「『輝夜姬』……因為目標年齡層當中流行亞洲文化，用這個名字更能迎合他們的愛好，減低為政府宣傳的印象。」瑪麗安一隻手輕托著腮說。「馬斯洛需求金字塔。這個宣傳計畫，就是要針對高學歷高收入的男女、對需求金字塔最頂層的自我實現需求。」

拜仁盯著瑪麗安。「妳……很奇怪，不是說因為受傷局部失憶嗎？妳剛才說的就和投標時做的簡報一樣！」

「當然哪，是我想出來的，就算是失憶想法也是一樣啊！」瑪麗安想著，那這在平行世界的自己，雖然出身不同，但也擁有一樣的想法。她已經發現原來的世界和這個平行世界，像是有著微妙的平衡機制，使兩者的差異不會太大，例如在這裡瑪麗安沒有家族背景，但還是參加了那場舞會，在那裡認識了洛姆。「你還沒說這是怎樣的真人秀。」

「好，好。我們選了十對夫婦，並擬定一個三部曲的計畫，讓他們以不同形式和配對好的小孩接觸。」

「那『出師不利』是什麼意思？」

「……計畫的第一階段，是在妳遇襲前一天，我們安排那十對夫婦去看小孩的表演。可是……在表演結束後……其中一名小孩被綁架了。」

6

亨利緊張的打好領帶，就好像小男生初次約會女生的感覺。連他太太德莉絲站在後面也忍不住笑，他知道其實他老婆也很重視這次的見面，因為她今天難得細心的化了妝，並一早選好了要穿的衣服。

「要吃嗎？」德莉絲在吃燕麥果仁棒，並把一根新的遞給他。「好像會很晚才吃午餐。」

「不要了。」男人搖頭。「不會太晚吧，不可能讓孩子餓著。」

「那我帶著吧。」

「妳忘了嗎？備忘說不要帶食物。」

「呀，對。」德莉絲隨手把那沒拆開包裝的燕麥果仁棒放在桌上。

今天是他們第一次和他們的「孩子」見面。

三個月前，他們參加了「輝夜姬計畫」的「父母選拔」，那是一個體驗計畫，選上的話會被配對一個「小孩」，之後會有和那個小孩互動的機會，還會被製作成影集。

一開始他們是抱著玩票的心態參加，可是沒想到竟然被選上成十對夫婦中其中一對。

說不定，當父母會是個不錯的主意。收到取錄通知時，亨利突然有了這個念頭。結婚三年，他們從來沒有想過生小孩，德莉絲是一名工程師，常常都要到工地視察工程進度。如果一旦懷孕，雖然只是十個月，但那時身體或者不適合再常常到工地工作。可是這次被選上也許這是一個契機。

小綿羊——據主辦單位說，他們被配對的小孩，名字叫亞歷，在等一下的表演中會扮成小綿羊。這是第一個活動，國養部在劇院舉辦了一場表演，「輝夜姬計畫」中的小孩會演出一部音樂劇，劇中每個小孩都會打扮成一種動物。不過為了不讓小孩過分緊張，當局安排「父母」們在表演後，才到後台和「孩子」見面，然後一起參加慶功宴。

駕車去劇場時，亨利發覺德莉絲一直沒有說話看著窗外。

「很緊張嗎？」他握著太太的手。

德莉絲微笑著嘆了口氣。「孩子……是什麼感覺呢？就像……小時候在設施裡的育兒員對我們那樣嗎？」

「我想大概是吧。」

「可是他們都是受過專業育兒訓練的啊，我們只是一般人，我又怎能把小孩教養好……」

「唔……我覺得不用太拘泥，就像……妳在公司遇到很有前途的實習生，妳把他視作妳的接班人傾囊相授那種愛護。」

「哈，但是我的實習生不是四歲。」

一路上，他們商量著應該用什麼形象出現，應該像小時候遇過那種嚴厲的育兒員？還是先表現多些溫柔？最後他們覺得做自己就好。

到達劇場在觀眾席上找到他們的位子坐好後，亨利好奇左右張望，第一排坐著穿戴很得體、看起來很重要的人，應該是政府官員還是議員什麼的；而旁邊第一行應該是媒體，因為他們都帶著專業的攝影器材。坐在亨利附近的幾對男女應該和他一樣，是被選中當「父母」的，雖然他們看來已來了一陣子，不過他們的臉上也有和亨利一樣的緊張感。

亨利發現了，其他夫婦不但也是和他們差不多年紀，而且他們個個都很好看，不是說他們都是俊男美女，而是他們看起來都是很討人喜歡的類型。明顯地當局在篩選參加者時，外表也是在考慮之列。

「誰是你的『小孩』？」坐在旁邊的男人問，他穿著高級西裝，看起來像是律師還是銀行家。

「啊，小綿羊。」亨利回答。

「我的是鴨子。」

這時劇場的燈光暗下來，兩人也沒有再交談。

當那十個小孩出場時，觀眾席開始起鬨。小孩都披著不同動物的服飾，有不知是馬還是驢，不知是天鵝還是鴨子，和不知是貓還是狗的裝扮，亨利努力地在那群蹦蹦跳跳的小孩中找尋他的「小綿羊」。

「在那裡，右邊！」德莉絲在他耳邊輕聲說，並稍微指一下舞台右邊。

亨利終於找到亞歷扮演的「小綿羊」，亞歷個子不大高，穿著小綿羊的服飾很可愛，每個小孩都有一段獨唱，亞歷一點也沒有怯場。

「他唱得很好耶。」亨利興奮的跟德莉絲說，雖然他聽不清楚亞歷在唱什麼，但他覺得亞歷的聲線很好，而且音準也很好，其他小孩都好像有點走音，他覺得亞歷是那十個小孩中最可愛的。男人掏出手機，開始替亞歷拍照和錄影。唔……看他好像很文靜，不知道如果和他去看球賽他會不會喜歡？他應該會喜歡看書的樣子……亨利回想自己小時候在設施生活的日子，他也很喜歡看書，當時有一個育兒員常常都陪他看書，也推薦了不少書給他。他覺得他也可以給亞歷推薦一些書，那即使在「輝夜姬計畫」之後，他對亞歷的教導還能繼續下去。

這時有個記者在舞台前拍照，吸引了亞歷的注意。

喂！該死的記者，不要影響亞歷的表演！亨利緊張起來，他不知道自己在用看殺父仇人的目光瞪著那記者。不過亞歷只是看了那記者一眼，便回到表演中。

幹得好！亨利差點叫出來，德莉絲看到他的反應，立刻按著他的手向他皺一皺眉。

真機靈！他越來越覺得，除了太太外，和亞歷彷彿也是命中註定的相遇。

表演結束後，有專人走來請他們到後台和小孩見面。

亨利深呼吸，終於要見面了。

「喂，要去洗手啊。」經過洗手間時，德莉絲輕聲提醒他，便走進女廁裡。

「啊，對！差點忘了。」他記起在當局給他們的備忘中，叮囑他們和小孩見面前要洗手。

洗好手後，亨利、德莉絲和其他九對夫婦被帶到一個房間，看來像是化妝間。沒多久，負責的人員帶著那些小孩進來，小孩們還是穿著他們的動物裝扮。

夫婦們都根據動物的裝扮去和他們的小孩「相認」。亨利看著最先進來的鴨子，原來是一個很可愛的女孩子，開始時女孩對「父母」有點戒心，可是當她「母親」蹲下來和她說話，她很快便露出了笑容，並和「父母」聊起來。媒體也漸漸圍著他們拍照，不過工作人員不讓記者們走得太近。

不只是「父母」，這些孩子們也一定是挑選過。

鴨子、天鵝、驢子、馬、貓、狗、小熊、海豚、獅子……

沒有綿羊。

亞歷呢？亨利盯著門口，可是等了一陣子還不見亞歷的蹤影，所以他不單單是落後了大隊。德莉絲看了他一眼，再看一看站在門口看來是工作人員的女孩。

亨利走上前。「不好意思，請問……叫亞歷的那個孩子，呃，就是扮成小綿羊那個，請問他在哪裡？」

「誒？」女孩眨眨眼，顯然對他的問題感到奇怪。

「呃，我們是其中一對參與計畫的夫婦，但是我看不見和我配對到的小孩。」

「什麼？這沒可能的。」女孩翻著手中的筆記，上面是小孩名字的列表，每個名字旁邊都有個剔號。「剛剛是點好人數的……」女孩邊說邊用拿著原子筆的手在點在場的小孩人數。

男人看到女孩的臉刷地白了。

「先生，請你和太太先坐在一旁等一下，讓我先去了解一下，請稍等。」雖然女孩這樣說，可是男人知道事情不尋常。不過他也覺得現在這個時候不要引起騷動，說不定亞歷只是走失了，畢竟那個年紀的小孩很少有機會離開設施，因為興奮亂走也不奇怪。

亨利和德莉絲安靜地坐在一角，看著其他夫婦和小孩，有的在交談，有的在逗小孩玩，有的在拍照，他們看起來都很高興，除非是從事和小孩有關的工作，否則一般來說接觸小孩的機會很少，所以那些夫婦都覺得能這樣和小孩互動很新鮮。亨利突然覺得和太太變成了局外人，眼前那些歡樂彷彿和自己完全無關。

等了一陣子，其他人開始察覺到這對坐在一旁的男女，他們有的向他們投去疑惑的目光，有些和另一半在竊竊私語，但是沒有人走上前問他們發生了什麼事。看到其他夫婦的反應，亨利越發不安，每一個投向他的眼神，此刻像冰冷的利刀，一下一下在捅他和德莉絲。

為什麼沒有早些發現亞歷不在小孩當中？他開始想。如果早一點發現，也許就可以在他走太遠之前找到他。

這時一名工作人員請他們到另一個房間。

是找到亞歷了嗎？那是亨利第一個反應，可是他的理性立刻否定了這個想法，如果找到亞歷，就直接把他帶來這裡，不用請他們到別處。

在另一個房間，等著他們的是一男一女，應該是這次活動的負責人，剛才亨利看到他們在場內團團轉工作。女人看來比男人高級，她說自己叫瑪麗安，名片上的頭銜是公關公司負責人。男人叫拜仁，是瑪麗安的下屬。瑪麗安說亞歷走失了，大家正在找他，看情況即使稍後找到他，今天也應該不會見面。

「慶功宴方面……」瑪麗安說，亨利才發現已經時間差不多。

「我們不去了。」德莉絲回答。

「是的，我們明白。」瑪麗安點頭。「那我們安排車送你們回去。」

「不用，我們有開車。」德莉絲繼續搶在亨利前答。

瑪麗安說，一有消息會通知他們，亨利有預感，那不是明天的事。

回家的路上，亨利突然問德莉絲：「如果我們一發現亞歷不在列隊中，就立刻到外面看的話，說不定還可以追上他。」

德莉絲沒有回應。

隔天亨利向公司請了病假，他只是一直蜷縮在床上，不斷重複在手機上看昨天拍的照片和影片，看著他活潑的在台上蹦蹦跳跳、聽著他天使般的歌聲、看著全世界最可愛的笑臉……已經一整天了，亞歷在外面會不會冷？現在一定很餓了吧？是自己不好，竟然讓亞歷在自己眼底下走失。不是說我是他父親嗎？

德莉絲這天比平日晚了回到家。

「我去和律師朋友碰了面。」她說。

律師？

「他說根據昨天活動的流程，我們不可能看到亞歷脫了隊，所以不用擔心國養部會對我們追究責任，即使要追究也是對那公關公司。」

「妳擔心的就是這個？」亨利差不多是從床上跳下來。「現在亞歷失蹤了！妳卻只是擔心會被追究？」

「那是當然的啊！你駕車撞壞號誌燈也怕會被追究破壞公物，更何況是小孩？那可是聯邦級的財產！」說著她悔氣地甩甩手，氣沖沖的走出客廳。

亨利看著太太的背影。

第一次。

從認識到現在，這麼多年，還是第一次，兩人出現這麼大的分歧。如果不是「輝夜姬計畫」，不是什麼養育小孩，兩人根本就不會吵成這樣。

7

小孩子們在走道上排隊，小綿羊排第三。

走道旁邊的門微微打開了，附近的幾個小孩都被吸引過去。

可是只有小綿羊向門口走過去。

小綿羊消失在門後。

……

小孩子們在走道上排隊，小綿羊排第三。

走道旁邊的門微微打開了……

瑪麗安已經看了這片段十多次。拜仁通過國養部拿到當天劇場監視器的錄影，其中一部剛好拍到表演後小孩在走道上，等著進入化妝間和「父母」見面的瞬間。因為要確保政府官員、父母和媒體都準備好，所以小孩在走道上等待，等負責帶他們進場的翠絲和在化妝間待命的艾比確認後，才帶小孩們進去。

只是那一瞬間。

走道上有道門通往後台其他地方，就在那一瞬間，有人從那道門拐走了亞歷。

「有人特意拐走亞歷的。」看第二次時，瑪麗安指著屏幕說。「當門打開時，幾個小孩都向那裡望，可是他們很快便沒有再理會，只有亞歷仍然看著門口的方向，就像在和誰說話一樣。」

「的確，」拜仁用指尖輕輕敲著屏幕。「翠絲後來問這幾個小孩，他們都說門後那個人一直在叫亞歷。」

「為什麼呢……？」瑪麗安繞著雙臂。「贖金呢？」

「誒？」

「誒什麼？有沒有收到勒索要求贖金之類？」

「沒有。」

難道這不是綁架勒索？為什麼特意要拐走亞歷？

「父母那邊是怎樣的情況？」

「什麼？」

「亞歷的父母啊！」瑪麗安的語氣有點不耐煩。「通知他們了嗎？還有，如果沒有要求贖金的話，那就拐帶的動機可能就是報復。有沒有調查一下亞歷父母的背景？」

「為什麼要通知亞歷的父母？」拜仁一臉不解。

「發生這樣的事！……啊。」瑪麗安這才猛然想起，自己身處異世界。「對不起……呃，究竟是什麼人拐走亞歷，動機又是什麼……」環境不同，連思路也要再整理。如果是在原來的世界，小孩被拐，父母的背景是首要調查的，資產值、工作和私底下有沒和什麼人結怨……可是這些在這裡統統不適用。而且父母只是負責生產，之後孩子的生老病死都和他們無關。

「瑪麗安！」拜仁大聲喊瑪麗安，還在她面前揮著手彈指，像在招魂一樣。「在想什麼想得這樣出神。」

「呀，我在想犯人究竟是什麼人，動機又是什麼。」

「瑪麗安！」拜仁有點泄氣。「比起這個，『輝夜姬計畫』第二階段的安排不是更重要嗎？」

「……」瑪麗安不讓自己流露出任何表情，她突然覺得好像和拜仁的身分對調了。在原來的世界，拜仁一定很擔心亞歷的情況，畢竟亞歷和他的小兒子差不多年紀，說不定他會躲在一角抹眼淚。而瑪麗安會提醒各人不能感情用事，找尋亞歷和捉拿犯人是警察的工作，對他們公司來說，眼下最重要的，是處理這場公關危機，和安排下一步的事。

「拜仁，很好的精神。」瑪麗安抖擻精神，拍了一下拜仁的肩。

「名師出高徒嘛。」

「好，那我們要想想怎樣應付媒體，畢竟小孩失蹤是他們最喜歡的題材。」瑪麗安還是不太習慣他會有意無意奉承自己。

「……」

「怎麼了？」

「瑪麗安，那種新聞我們要膽心個屁嘛。」

「誒？」

「這種沒人關心的小新聞，一下子就沒有了啦。」

瑪麗安的眼睜得圓大。沒人關心的新聞？雖說失蹤的是男孩，大眾的關注度和媒體的興趣是遠比小女孩低，但也不至於沒人關心吧？不過看著拜仁的態度，又像是認真的。

「只是設施不見了個小孩，怎會是大新聞……」拜仁還在小聲絮絮唸。

認真的嗎？在這個世界，小孩失蹤不是吸引眼球的新聞嗎？瑪麗安納悶。不過也有道理，當人們不養育自己的孩子，沒有了這種感情羈絆的經驗，對小孩無感也好像很正常。

「那第二階段是什麼計畫？」瑪麗安問。

「有了之前第一次的見面，夫婦和小孩們理應不會太陌生。第二階段就是夫婦和小孩獨處度過一段『親子』時間，可以是說故事、和小孩玩遊戲畫畫等等。」

「所以這次是不是都是那九對夫婦和小孩？」

「對，亞歷的位置會由後補小孩入替。」

「很好。這次活動不開放媒體採訪，之前有說過日期嗎？沒有的話最好連日期也不對外公開。」

拜仁低頭在平板電腦寫下筆記。

「雖然是設施內，但是保全有必要升級。設施內的保全情況是怎樣的？」

「呃……就是一般的保全人員……」

瑪麗安沒有作聲，只是稍微揚一下一邊的眉。

「我等一下和國養部確認。」拜仁連忙記下筆記。

「那順便確認他們有沒有打算加強保安，有的話問他們是通過保全公司還是找警察。」瑪麗安邊說邊開了即時通的視窗。「如果有設施的平面圖的話寄一份給我。」

「是、是的。」在拜仁回應時，翠絲已出現在瑪麗安辦公室門口。

「翠絲，那天妳和小孩談過，他們說當時犯人是怎樣叫他們的？」

「他們說，當時旁邊的門打開了，有個穿連帽上衣的人在叫亞歷，他說亞歷剛才唱得很好所以有特別獎，叫他跟那人去……」

「等一下，」瑪麗安打斷翠絲的話。「妳說那個人喊『亞歷』，而不是叫他『小綿羊』之類？」

「唔……」翠絲側側頭在回想，然後肯定的點頭。「嗯，是叫他『亞歷』，因為其中一個小孩模仿犯人的話說了一遍，是叫『亞歷』。」

「是啊……」瑪麗安向後倒上椅背。「拜仁，你以為明白犯人動機不是最重要，但這是針對亞歷的行動。能夠叫得出亞歷的名字，肯定是和內部有關的人。我們有沒有和那天活動有關的所有人員名單？那些人通過什麼程度的背景審查？還有，有什麼組織會針對國養法和國養部？有沒有調查過那些組織在第二階段那天有什麼行動？還有聯絡那社交網絡數據分析公司，請他們提供分析資料。」

「呃……」突然被瑪麗安像連珠發炮，拜仁有點不知怎樣應對。

「真是……給我負責亞歷被拐案的刑警名字和聯絡資料，我去溝通一下。我不想警方的行動影響我們或是我們影響到警方，造成互相指責的難看局面。」瑪麗安邊說邊拿起手機準備打電話，她看到拜仁茫然的臉。「不是吧？警方那邊你沒有跟進？」

「對不起……」

「算了，我直接去警局。」瑪麗安在想，自己遇襲和亞歷被拐屬市中心同一區，那裡也是市內的警察總局，可以找負責自己案件的刑警再向他查問。看到拜仁歉疚的樣子，她也不想再罵他。拜仁還是拜仁，工作認真很可靠，但就是欠那麼一點點。

「如果莉娜在就好了。」瑪麗安輕聲說，可是她立刻記起拜仁還在。「啊，我是指還有那麼多事情要跟進，如果她在的話，人手就不會那麼緊張。」她不想拜仁以為自己比不上莉娜。

「呃，瑪麗安，妳真的不記得了？」拜仁的表情好奇怪。難道在這個世界，我和莉娜並沒有關係？瑪麗安不禁想。不可能，到現時為止她的人際關係都沒有大變化，沒理由只有莉娜在這個世界和自己沒有交集，這時她才想起，來到這個世界後都沒見過莉娜。

「妳剛才不是問，有什麼組織會針對國養法和國養部嗎？莉娜……就是其中之一。」

8

在莉娜懷孕十二週時，拜仁便察覺事情不對勁。

太太已經生產過三次的拜仁，知道一般孕婦發現懷孕不久，就會打點好一切然後住進設施中待產。滿十二週還未住進設施，可算是極少數。

而且拜仁完全沒有聽到莉娜在打點搬到設施後的工作安排。

「莉娜妳何時會搬進設施啊？」有一次拜仁隨口問。

莉娜只是微笑。「還有很多事情要處理。」

「妳先生不會有異議嗎？」拜仁問。他記得莉娜的丈夫剛被派到海外，好像會在那邊一段時間，如果是自己的話，一定會先在設施安頓好老婆才走。

「我快要生孩子了，照顧自己這點事還是可以的。」莉娜邊說邊撫著微隆的肚子。「對了，拜仁你太太生產後，有沒有捨不得？」

「捨不得是什麼意思？」

「就是不想把孩子留在設施養育啊。有沒有一刻，你們想把孩子留在自己身邊？」

「唔……第一胎的時候，因為設施呀安胎呀都很新鮮，所以老婆剛生完離開設施時是有點失落。可是到第二胎就習慣了。生第三胎的時候我們都變成了專家啦。」

「可是你不覺得，既然那是自己的骨肉，應該有權利把孩子留在自己身邊嗎？」莉娜說著又再撫摸肚子。

看到莉娜的表情，她低頭看著自己的肚子的表情好溫柔，那是拜仁從沒見過的莉娜，她渾身散發著一種令人感到溫暖的氣息，可是同時拜仁卻感到不對勁。

「莉娜，那種想法是不切實際的。」拜仁正色，雖然莉娜是老闆，但是自己是三子之父，在這事上他最有資格說話。「生孩子是社會責任，不是養寵物。單純因為血緣而覺得有這個權利，為了滿足自己情感的需要，是十分自私的想法。難道妳覺得妳會比設施內專職的育兒員更懂教養孩子？就像考駕照一樣，要到十六歲，考試通過後才能駕駛，因為攸關人命，難道妳認為妳孩子的人生比不妳車上的乘客和路人的生命重要嗎？不，不用說得那麼遠，我們不是常常說客戶太遲找我們，才常常引發『公關災難』嗎？為什麼妳覺得客戶要找專業公關，但卻不應該讓專業的人育兒？」

「拜仁，」莉娜輕輕捉著拜仁的手臂，堅定而有威嚴的語調，讓拜仁再看到平日他認識的莉娜。「你不覺得，總有一些東西，是只有身為父母才能給孩子的嗎？」

拜仁不明白莉娜指的是什麼，在設施長大的拜仁從不覺得自己的生命有任何缺少。

那是拜仁最後一次和莉娜說話，之後他再沒有在公司見過莉娜。她具體是哪一天沒有再來公司的？拜仁沒有印象，因為那之後他的注意力都去了留意到瑪麗安的行動。她比平日常出去開會，好像多了要優先回覆的電郵和電話。拜仁覺得，瑪麗安在爭取拿下某個大案子，而這次和以前不同，莉娜沒有參與其中。

拜仁知道這就是他的機會。

果然，沒多久瑪麗安就帶著拜仁和國養部一個叫奧雲的官員見面，同行的還有瑪麗安的丈夫洛姆，好像是因為洛姆是設施裡的兒科醫生，和奧雲頗熟絡。見面地點並不是在辦公室，而是在外面的飯局。瑪麗安在常去的餐廳訂了個小包廂，那是拜仁第一次聽到「輝夜姬計畫」──為了提高生育率的公關宣傳工程。飯局中奧雲告訴他們這個公關項目的投標流程、還有誰在爭奪、國養部對計畫的評選準則等等。

「瑪麗安，『輝夜姬計畫』這名字取得好。國養部就是想要那種時代感，外界完全看不出是政府計畫就更好。」

他甚至把內部正在討論中，大概的預算金額也告訴他們。所以奧雲是在國養部幫助他們能拿下案子的「教練」。

之後拜仁和瑪麗安一起擬定「輝夜姬計畫」，準備標書和簡報的資料，雖然瑪麗安一早已經擬定好「三階段」和真人秀的方向，但拜仁還是可以參與撰寫細節。為了不要在簡報時漏了任何東西，拜仁每天都在網路看看有沒有關於國養法的新聞或是媒體公佈等，因為萬一在簡報時被問到而自己和瑪麗安都不知道的話，整個投標就等於丟到馬桶裡。

最新一則新聞出現，裡頭還有一個熟悉的名字。

「**新任媽媽控告國養部，誓要奪取孩子養育權**」，還沒看內文，拜仁先看那照片。照片是室外拍的，應該是剛生產不久的莉娜化了個柔和的妝容，在天然陽光下，穿著淡灰色的連身裙子，輕輕把手放在還有點微隆的肚子上，

因為已經看了標題，新聞內文對拜仁的衝擊力相對小很多。莉娜控告政府〈國養法〉違反人權法，做為孩子的母親她有養育孩子的權利。拜仁終於明白那天莉娜的那些話，也許那時候她已經在盤算提控。

而在相關新聞中，其中一則是「**國養部強行帶走新生嬰兒，媽媽哭昏送院**」。照片是國養部的育兒員到莉娜家中，根據〈國養法〉把嬰兒帶走。莉娜用力想掙脫扣著她雙臂的女警，掛著兩行眼淚的臉，讓她看來像被戀人拋棄的徬徨女孩。不知情的話，單看照片也就會先同情她了吧。

所以她從沒有住進設施。

一般人看這些新聞，會看到一個溫柔而堅強的母親，而拜仁看到的，是莉娜將會用盡了她所有的公關伎倆去打這場官司。

那孩子被帶走的照片，國養部拿人，怎會有記者在場？如果不是一早約好攝影師，就是事前安裝好鏡頭高清拍攝再截圖，不然角度哪會那麼好？修好圖再發給媒體。在法院外的照片也是，莉娜的化妝到那連身裙，甚至那律師的西裝，都是計算過的。

所以她不再來公司。正在投標國養部公關工作的公司，怎能有正在控告國養部的老闆？拜仁好奇，是莉娜自己提出離職？還是瑪麗安把她逼走？拜仁記得瑪麗安另外有一幢別墅，利用它做按揭那筆錢加上銀行貸款應該可以買下莉娜的股份。拜仁這才回想，在自己發現瑪麗安在為拿下案子奔走時，莉娜好像已沒有來公司，說不定當時瑪麗安也同時在張羅錢的事。

同一天，瑪麗安以公司的名義發了內部通告，只是簡短的說莉娜和公司再沒有任何關係，她的行動和公司完全無關，任何和莉娜有關的查詢都轉介給瑪麗安。簡單的幾行字，就為莉娜事件一錘定音，之後再沒有人提，沒有人問。

就像莉娜不存在過一樣。

然而拜仁樂意見到這個情形。現在的他，不再是瑪麗安底下的跑腿助手，而是她的拍檔。他也感到，自己的看法在其他同事中開始有點分量。

可是拜仁並沒沾沾自喜——起碼在他偶然看到瑪麗安和莉娜碰面之後。

那天他去離市中心有點遠的小社區，因為要去拿改好的西裝，那家店是瑪麗安推薦的，說手工很好，拜仁一試穿就知道那絕對值每一分錢。就在等計程車的時候，拜仁無意間看到馬路對面的咖啡店，瑪麗安和莉娜並排而坐在靠窗的吧檯，她們沒有看到拜仁。莉娜已經完全瘦回原樣，兩人好像剛好談完，在互相道別的樣子。看到莉娜準備離開咖啡店，拜仁退到一條巷子裡。

兩人特意約在這鮮有熟人來的社區……

也許，她們的關係並沒有想像中壞，莉娜是和公司對立，但那也是不得已的事，而且她只是默默離職，瑪麗安的內部通告，明顯是事前已經協調好。

這一行沒有永遠的敵人，況且她們還是多年拍檔——拜仁提醒自己，不能掉以輕心。

9

聽過翠絲和拜仁的說明後，瑪麗安離開辦公室到警局打聽消息。警局和辦公室都在市中心，只是十分鐘的腳程，瑪麗安選擇用走的，順便整理一下情報。

在這個世界，莉娜為了有自己孩子的撫養權，竟然和政府對簿公堂。拜仁說莉娜離開公司的過程，是那麼淡然，在公司內並沒有戲劇性的上演一齣逼宮戲碼，沒有醜陋的政治角力，這還倒像她和莉娜的做法。瑪麗安原來就是打算靜靜的給莉娜開出最好的條件，讓她靜靜地離去。畢竟兩人還是朋友，從拜仁說她倆之後還一起喝茶，就可以知道。

但現在可不一樣。

莉娜很可能是拐帶亞歷的嫌疑人。

為了避嫌，也為了「輝夜姬計畫」，她現在不得不和莉娜劃清界線。而且如果莉娜真的是犯人的話，她會毫不猶豫的向警方提供有利捉拿莉娜的線索。

公平遊戲，莉娜也明白規則——想到這裡瑪麗安不禁嘆氣。在賈斯柏的事件上，她也玩了公平遊戲的把戲，如果莉娜不是只顧著孩子的話，無論瑪麗安安排了什麼都栽不了她，然而那卻成了兩人越走越遠的導火線。

所以在這個世界也是一樣，如果莉娜是犯人，而又有本事避開追捕的話，瑪麗安會由衷替她高興。

到達警局，瑪麗安先找負責她遇襲案的刑警大衛。

「瑪麗安女士，剛好我也想找妳。」大衛帶她進他在刑事組的辦公室。這剛好，可以順便請大衛找亞歷案的負責人，瑪麗安想。「我們找到目擊證人，那人說當時在附近看到一個可疑人物。」

「怎麼可疑？」

「那人穿著黑色連帽風衣，因為套著帽，看不到臉，但也因為那天天氣好，套著帽子反惹人注意。而且……」

「而且？」

「而且那風衣的背部，印著塗鴉風格的英文字母『J』。」

瑪麗安心頭一震。

因為那件風衣，是她的東西。

簽下「星星經紀公司」後，經紀公司送了一件賈斯柏和服裝品牌合作系列的風衣給她，那件是特別限量版，背部用塗鴉風格印著代表賈斯柏的J字。其他市售版J

字只是印在胸前。雖說是客戶送的禮物，可是和瑪麗安的穿衣風格實在相差太遠，她只在一次出席「星星」的派對時穿過，離開時順手丟到跑車的後座，然後就一直在那裡。

瑪麗安確認過，在這個世界「星星」仍是客戶，賈斯柏仍是那服裝品牌的代言人。但是犯人穿著自己的風衣逃走，這表示，犯人很可能是她認識的人，只有公司的人，或是坐過她車的人，才知道她有這件風衣。自己是在公園內被襲擊的，如果是偶然遇到的搶匪，不會襲擊人後還走到停在大路邊的車上，偷走那件風衣穿上作掩護。因為已經確認過車內沒有貴重物品失竊。

所以犯人是瑪麗安認識的人，說不定當時還是車上的乘客。

「對了，瑪麗安女士妳專程來是為了問案件的進度？」

「啊，只是其中之一，其實……」瑪麗安表明來意，說想找負責亞歷被拐案的刑警。

「那是另外一組。」說著大衛拿起電話，應該是撥到那一組處。「而且因為是綁架案，FBI派了個人來協助。」

「妳等一下，他們會派人過來。」放下電話筒後大衛說。

沒多久一名年輕金髮男孩出現在大衛辦公室。「嗨，妳就是瑪麗安？我是甘頓，

ＦＢＩ探員。」

瑪麗安還是不太習慣被人直呼其名，不過她明白因為這裡沒有父母關係，也就再沒有姓氏。

「你是負責人？」這男孩也太年輕了吧？

「看妳認為負責人的意思。」甘頓拉了張椅子坐下來。「有什麼事？」

「關於『輝夜姬計畫』裡小孩被拐案，請問調查進度如何？」

「由於還在調查階段暫時無可奉告。」

什麼？現在他是公關還是我是公關？怎麼他竟然擺出這種姿態？瑪麗安決定不和他客氣。「我是關係人，『輝夜姬計畫』的下一個活動將會在下星期舉行，在拐帶陰影下，警方這樣不清不楚，我很難可以安心信任你們可以確保不會有同類事件發生。如果連嫌疑犯也沒有，又怎能根據可能的動機做出防禦措施？也許我應該另外聘請調查員？我可沒有意見，但是我應該怎樣對國養部解釋這筆費用？因為警方和ＦＢＩ無能的額外開支？」

甘頓有點動搖。「我不是這個意思……」

瑪麗安並沒有得勢不饒人，她站起來。「不如這樣，我們不要在這裡打擾大衛，我們找個地方好好談談，我有一些線索，說不定可能對你有幫助。」瑪麗安稍微加強

「你」字的語氣。她知道，甘頓是被硬推出來應付自己的，那些官腔也可能是別人教他的，所以瑪麗安先給他一個下馬威，再放出善意和以線索作誘餌，想急於立功表現自己的年輕人，很容易就會向瑪麗安靠攏，那之後要得到調查情報或需要幫忙就方便得多。

「看你這麼年輕就成了ＦＢＩ探員，肯定不簡單。」瑪麗安和甘頓來到警局附近的咖啡店，甫坐下瑪麗安就說。「我知道你是被硬推協助這案的。不過雖然是不起眼的案子，但這很可能是你的機會，只要順利解決了，就向上級證明了能力不是嗎？」

甘頓嘆口氣。「妳也看得出來？妳也明白，雖然綁架案是ＦＢＩ的負責範圍，但是我們根本沒有處理小孩被綁架的經驗。而且相比毒犯和富豪政要的案件，這根本是做做樣子。」

「有一個人你可能會感興趣。」瑪麗安笑著。「她曾是我的生意拍檔。」

「莉娜？」看來警方也不是沒做事。

「警方已經調查過她了？」

「當然。亞歷失蹤那天，我們已經去過她的住處調查，但是沒有發現。」

莉娜和丈夫住在市中心的高層公寓，不可能大搖大擺的帶著小孩回去而不被管理員看見。

「不在場證明呢？還有她的丈夫，雖然他在海外，可是真的沒有偷偷回來嗎？」

瑪麗安看到甘頓陷入奇怪的沉默。

「莉娜……她和丈夫離婚了，妳不知道嗎？」

離婚？何時的事？為什麼自己完全不知道的？瑪麗安陷入沉思。如果這個世界和原來的世界真的有著那微妙的平衡的話，那是否意味著，在原來的那個世界，莉娜也是離婚了？只想著把莉娜趕出公司的自己，竟然沒有注意到？

「不管怎樣，我們也有查過，那天她說她不舒服一個人在家休息，她前夫在台灣出差，那邊晚上十一點，即是這邊大約的案發時間，同事可以證明他人在公司……喂，她不是妳的生意夥伴嗎？為什麼妳會懷疑她？」

「她有動機。而在有動機的人或組織當中，只有她有機會得到那天流程的資料。雖然在『輝夜姬計畫』開始前她已經離開公司，但是如果說公司裡有人不自覺地告訴了她，或是她不知怎的駭進公司的系統而穫得資料……不，那次的活動有開放媒體採訪，她很可能透過相熟媒體得到資料，只要知道地點，不難找到漏洞去拐帶亞歷。」

「這一點我也想過，但是她為什麼要拐帶亞歷？」

瑪麗安留意到甘頓說「我」而不是「我們」或「警方」。「現在還沒有收到任何勒索電話或電郵吧？如果她打算偽裝成恐怖分子犯下的罪行，要脅取消國養法，那她不就可以得到孩子的撫養權嗎？」

「但是這樣風險太高了。犯法被抓鐵定會輸和國養部的官司。」

「我想她的計畫是，裝成恐怖分子拐走小孩，逼政府讓步，然後她在外界看來就是乘了一趟便車的受惠者。」

甘頓在思考瑪麗安的話。這時瑪麗安才發現他有一雙漂亮的藍眼睛。

「但是我們還沒有收到綁匪的任何要求，不是嗎？」甘頓這次說「我們」，可是後面的問題表示這個「我們」指的不是警方，而是他和瑪麗安。瑪麗安知道一切都如她所想的演進。

「她在等。」瑪麗安微笑著輕輕揚一揚手中的咖啡。「她在等政府和警方的公佈，再決定下一步行動。」

「妳怎麼說得她一定是犯人一樣？」

「那警方還有別的推論嗎？」

甘頓稍微猶豫了一陣。「……我們通過情報網，對有可能的組織內部打聽，但是都沒有證據顯示那是有組織的行動，網絡安全組那邊也調查過，一些在監察名單內的反政府人士也沒有什麼動靜……妳其實想怎樣？」

瑪麗安不禁揚了揚眉，這個小子，腦袋也滿聰明的。「下星期是『輝夜姬計畫』的第二階段，活動已經決定是在設施內進行，保安方面應該沒有大問題，可是我想……」

瑪麗安點頭。

「妳想讓警方監視莉娜？」

「在第二階段那天？」

「不，是從現在開始。」

「告訴我，瑪麗安。」甘頓把身體向前傾。「妳想監視莉娜，是妳覺得她會再有進一步行動？還是想以此去證明她的清白？」

瑪麗安笑著用手肘壓著桌子，也把身體向前傾，她的臉和甘頓只有一個拳頭的距離。「不論是哪個目的，前提都是要在那天監視莉娜不是嗎？」

甘頓坐直身子乾咳了一下。「嗯，妳說得沒錯，我們已經有準備，監視小組已經在工作了。」

很好。

瑪麗安不得不承認，這樣逗甘頓讓她覺得很爽，特別是甘頓本來就很帥。她看一看手錶，還有時間，於是她再和甘頓談了半個小時，雖然都是圍繞著監視莉娜的部署，但瑪麗安覺得，這是來到這個世界後，第一次覺得這麼愉快，本來她想罵自己變成了享受小鮮肉在身邊的老女人，可是又不完全是那種感覺。

總之，有了FBI的幫助，莉娜如今可說動彈不得，如果她真的是犯人，這場比賽，莉娜絕對沒有勝算。

在咖啡店前和甘頓道別後，走了十多公尺，瑪麗安突然回頭。

她想起來了。

難怪會有那種感覺，因為她覺得甘頓很眼熟，像是在哪裡見過。

那雙藍眼睛，還有那副臉孔，和路易很像。

那個在瑪麗安的生命中，只苟留過一個春假，但卻留下不可抹滅的痕跡的法國男孩。

10

「……國養法規定，凡因特殊情況而不是在設施內出生的嬰兒，須於出生後一週內通報，並在醫生確定健康情況許可後一週內入住設施。而在設施出生的嬰兒則在出生後會立刻移送到育嬰部，母親分娩後並獲醫生診斷健康狀況良好，二十四小時內可搬離設施回家。

設施的育兒部是以集體生活為基礎，裡面提供兒童成長的需要——兒科和牙醫診所、圖書館、學校、運動場、遊樂場等等。設施聘有育兒員、教師、醫務人員、支援員工等。他們有全職和兼職，還有一部分是退休人士組成的義工，全職員工有的住宿在設施內，也有每天通勤的。所有員工根據工作要求，需要修畢不同程度的育兒或兒童少年心理學課程，並要通過評核和背景審查，確保在設施內的兒童和少年在各方面都得到專業的照顧。

設施各出入口都安裝了監視器，出入都需要用員工證刷卡，訪客需要有該設施主管許可才能得到臨時訪客卡，設施內十六歲以下的兒童，只能在教師或全職育兒員陪同下才能離開設施，十六歲後，在得到育兒員在系統上批准特定的時間，可以利用學生證自由出入。國家鼓勵少年十六歲後到設施外打工，以獲取各種社會經驗。高中畢業以後少年可以選擇搬離設施就業或升學，國養部會在過渡期提供支援，如果少年選擇就近的大學或學院，從設施通勤上學，國養部會收取低於市價的租金。國家設有不同的助學金和學生貸款，務求協助年輕人從設施生活過渡成能自立的成年人。設施內有教育專業人員，從孩子幼兒時期開始，收集數據以協助輔導少年做出未來人生最合適的規劃……」

——節錄自麥肯錫〈國養法和出生率研究報告〉

＊＊＊

「瑪麗安！很高興妳終於能來！幸好趕上我放產假之前呢。學生們都很期待今天！」挺著大肚子的安琪親切的牽著瑪麗安的手。瑪麗安有點被嚇到，她不記得在念書時她們有那麼親近。安琪現在是小學老師，在教四年級的班，最近她聯絡瑪麗安，希望她能跟她的學生談創業。

「特別是讓女生有個學習榜樣。」就是這句，令瑪麗安願意在早上擠出幾個鐘頭來。

安琪帶著瑪麗安到課室，課室的門一打開——

蟑螂。

那是第一個湧上瑪麗安的念頭，裡面的小孩像是躲在布幕下的蟑螂，在布幕被掀開的一刻逃避陽光的照射而四處亂竄回自己的座位。

「各位同學，瑪麗安是老師的高中同學，她是一位了不起的女性，在大企業工作過，回學校念ＭＢＡ，大家知道ＭＢＡ是什麼嗎？」看到不少學生在點頭她便繼續介紹。「之後她創辦了一家公關公司，前年還拿了創業家獎。今天很榮幸請到她來和大家分享她的創業經歷。」

簡短地和學生打招呼後，瑪麗安便開始談創業經過、碰到的困難和怎樣解決等等。她加插了一些笑話和一些問題和學生們互動，還有一些故事，讓學生們更容易明白她的工作，學生們都聽得很愉快。

「那……大家有沒有什麼問題？」

沒有人舉手，瑪麗安也知道這是常有的，不過通常只要一個人開始問，就會越來越多人發問。

終於，一個男孩舉手。「妳是不是已經結婚了？」

「喂！」安琪說。「這是什麼問題？」可是瑪麗安阻止安琪。

「為什麼你會這樣問？」瑪麗安笑著，微微欠身更接近男孩。

「因為妳戴著那個。」男孩指著瑪麗安左手的無名指。

「你的觀察力很好。」瑪麗安輕輕拍了拍掌讚賞男孩。「做為公關，觀察力是很重要的。」

「那妳有沒有小孩？」另一個女孩邊舉手邊問。

「……呃，沒有。這好像和工作沒關係啊。」

——這些小孩都在問什麼嘛，和創業一點都沒有關係。

「為什麼？」另一個女孩問。「是妳不夠愛妳丈夫嗎？」

瑪麗安一怔，她不能相信四年級的小學女生在說這種話。「是誰告訴妳的？」

「媽媽啊！安琪老師也是這樣說的。如果妳很愛很愛妳的丈夫，妳就會願意為他放棄一切，和他生屬於你們兩人的愛情結晶，當個好媽媽。」女孩說著還看了一眼安琪，安琪笑著點點頭。

瑪麗安彷彿聽到腦中響起「啪」的一聲，像是電線短路爆出了火花。

「那我告訴妳，男孩子也聽著，」瑪麗安的目光掃過那些男孩。「如果那個男孩夠愛妳的話，他會願意為了妳放棄一切，甚至放棄當父親、有自己孩子的機會，都要成就妳的人生。知道嗎？」

女生們靜了下來，她們在思考瑪麗安的話。

「瑪麗安，妳怎可以這樣說……」安琪小聲對瑪麗安抗議。

瑪麗安轉過頭看了一眼安琪，為什麼不能這樣說？她不是想我來給「女生做個榜樣」的嗎？

「安琪，記得七年級班的時候，老師教我們不要相信男孩說『如果妳愛我，妳會願意和我睡』這種為了操女孩而說的鬼話嗎？還教我們要說『如果你愛我你會等』。學校二十年前教女孩保護自己的身體，但卻從沒教她們保護自己的人生。」

聽到瑪麗安這樣說「操」，孩子們開始起鬨。

「瑪麗安！」

「啊，對不起，我忘了現在是教女孩說『來吧，我也有需要，不過操我的時候要用保險套耶』。」

孩子們吵得更厲害了。

這時安琪已經脹紅了臉，突然她一臉痛苦的按著肚子。之後瑪麗安和學校其他人一起送她到醫院，確定安琪沒事後便離開了，雖然一路上瑪麗安都覺得安琪在裝。

自此瑪麗安再沒有見過安琪，她也沒有再在意學校到底在教女孩愛護自己的身體還是人生。

＊＊＊

來設施和國養部開會前，瑪麗安已經熟讀了有關設施的資料，雖然對方知道她遇襲受傷的事，但在客戶面前她不想以失憶做藉口，所以盡可能熟讀設施的資料，為了不露出破綻。

國養部的秘書帶瑪麗安到會議室，途中他們經過一個像是教室的房間，由於這裡採用開放式設計，間隔都是用玻璃來增加採光，房間裡的活動都一目了然。

瑪麗安不由得駐足觀看。房間內有大約十個四、五歲的小孩，他們有的在玩放在房間裡的玩具，有的在看書，有的獨自在玩，有些是幾個人聚在一起。

吸引瑪麗安目光的，是一個男孩在替娃娃梳頭，他旁邊的女孩也在學習他的動作替手中的娃娃梳頭，另一邊廂幾個女孩合力在組裝火車路軌。房間內有個像是老師的男人，但他沒有特別干預孩子們的活動。

「啊，那是確認會，所以在這房間。」秘書說。

「啊。」瑪麗安在資料看過，通過課堂上的學習和日常生活，設施會一直收集小孩的數據，記錄他們的性格、強項和弱點，務求進行針對性的應對。為了確認根據數據下的結論，會定期舉行確認會，像他們眼前的是四、五歲小孩的確認，例如男孩被推斷為有關愛的特質，女孩被認為有工程方面的興趣，從他們選擇的玩具去確認，除此以外，孩子們的社交能力也會被評估，務求盡早發現任何問題擬定對策。而這種確認會會一直進行到孩子十八歲為止，那時他們會得到一份完整報告，分析他們的性格和各種能力，並為未來升學和就業提供建議，但那不是命令，他們有最終決定權。

本質上和自己世界裡的父母一樣，瑪麗安想。父母根據多年觀察孩子而了解他們的能力和性格，一路上給他們人生的建議。

只是在這個世界，利用大數據分析，消除了最大的不穩定因素——父母本身。

瑪麗安聽過看過不少，把自己的意願加諸孩子身上，而沒有考慮孩子的喜好和能力的父母。還有因為族裔文化，而被教育成某個典型的例子也不少。當然最讓瑪麗安感受到的，是她原來世界流行文化中根深柢固的性別期望——對放棄事業回歸家庭的女性的讚頌和鼓勵，對忽略家庭但成就事業的男性的同情和加許。

人，永遠傾向走能獲得多點掌聲的路。

瑪麗安想起了當年在安琪任教的小學的事，每當想起那女孩的說話，還是會有點氣。

在這個世界，挪走了這個系統性的偏見，每個人都是公平競爭。

看著那個摟著娃娃的男孩，和在玩火車的女孩，瑪麗安深深吸了口氣。在這裡，沒有人會在男孩嬰兒時便給他塞「男孩子」的玩具，沒有人會告訴女孩「當工程師在男人堆中工作會很辛苦」，更沒有人會說「如果妳夠愛那個人，妳會願意放棄其他選擇去為他生兒育女」的鬼話。

——這個世界，我是來對了。

「明天的第二階段，我們的問題是，有沒有需要叫停。」坐在會議桌另一端的男人說，他是國養部的官員，他看了坐在旁邊、也是國養部的奧雲一眼，表示這不是他，而是代表國養部問的。「畢竟少了一個孩子。」

「當然，明天進行的第二階段，保安是最大的顧慮。」瑪麗安滑著平板電腦的屏幕，會議室內的大屏幕隨即顯示著設施的平面圖。「為了避免第一階段時的走失事件，第二階段將會在保安嚴密的設施內進行。這次的拍攝將會閉門進行，並不會開放媒體採訪，而且所有參與拍攝的工作人員，已經事前通過背景審查，明天必須核對身分才能進入。所以可以說，明天的第二階段，是在密室裡進行。」雖然警方和ＦＢＩ已經介入調查，但是對外的公佈還是小孩走失事件，即使在國養部只有奧雲少數官員知道真相。所以在國養部的其他官員和設施的人員面前，瑪麗安也統一口徑說是走失事件。

「而且，」瑪麗安看了一眼奧雲。「如果貿然喊停『輝夜姬計畫』的話，恐怕反而會引起輿論。所以，我們才會有剛才說的安排。」

「瑪麗安有道理，而且現屆政府在幾個項目上被批評左搖右擺，如此高調宣傳的『輝夜姬計畫』也叫停的話，我想接下來瑪麗安不是協助『輝夜姬計畫』而是選舉了。」

「現階段並沒有理據證明，繼續『輝夜姬計畫』會對其他參加者有危險，但是我們保證，接下來每一步都會有嚴密的保安。」

「那……明天是拍什麼？」

「參加『輝夜姬計畫』的其中九對夫婦，在第一階段時已經和配對好的孩子相處過，這一次他們會有更長的時間和小孩一起，早上他們會先錄影一段，然後會分別被安排到不同的房間，裡面會準備了適合該孩子的玩具書本等等，夫婦們會和孩子一起玩，過程會被攝製隊拍下。當然，為了戲劇效果，我們安排了中間會有一些『意外』，例如玩具中會突然有東西彈出或是發出嚇人的聲音，小孩應該會被嚇哭，這時候夫婦便會擔當安慰者的角色。」

「但是那些夫婦不是專業的育兒員吧？他們可以應付嗎？」其中一名國養部官

員問。

「我們已經預早通知了其中五對夫婦我們的安排，並提供了一些安撫小孩的訓練。」

一名穿著護理服的男人向官員點點頭確認，他就是這個設施的育兒主任。

「很好。」官員點點頭。「那另外四對呢？」

「畢竟是真人秀，我們還是需要『真性情』。」瑪麗安笑著。「我和育兒主任會在保安室觀察，如果那些夫婦真的沒辦法，育兒員會前去協助，當然那些場面都會被剪輯不會播出。之後就會是午飯時間，和平日不同，午飯會送到房間內，夫婦們會照顧小孩吃午餐。」

「我有一個問題。」微微舉起手的是奧雲，也就是把項目介紹給瑪麗安的國養部官員。「那之前配對了走失了的孩子的夫婦……好像是叫亨利和德莉絲……」

「好問題，我很慶幸你問了。」瑪麗安舉起拇指。「早在第一階段前我們已經選了十位小孩作後備，本來是以備有小孩病倒之類的情況的，現在會隨機在後備小孩中挑一位，因為『輝夜姬計畫』畢竟是以夫婦為對象，我們希望亨利和德莉絲也能擁有這個難得的體驗。所以明天他們也會來，雖然會是第一次這樣接觸小孩，但是育兒員已經給他們充足的準備，而且他們的小孩是唯一不會被安排『意外』的。」

會議結束後，瑪麗安到接待處，一來和那裡工作的人打招呼，二來是提前來領取第二天要用的訪客用卡給公司和拍攝團隊的人，那拍攝流程就可以更緊湊。

離開時瑪麗安在設施大堂碰見奧雲。

「瑪麗安，沒問題，沒問題嗎？」瑪麗安在原來的世界並不認識奧雲，不過拜仁說他是洛姆的朋友，也是她拿下這項目的教練。她明白現在奧雲是想問一些不能在其他人面前問的事。

「沒問題，所有安排已經準備好。」

「我指莉娜。」奧雲突然說出瑪麗安沒有準備的名字。

「她已經和我們公司無關。」瑪麗安沉默了片刻，她靠近奧雲，壓低聲音說：「我從警方那邊得到消息，一直都有人全天候監視她，絕不會有問題。」

「監視？」奧雲側側頭。

「……那是以莉娜和小孩走失有關為前提，我承認，發生這樣的事，是我們有欠周詳計畫……」瑪麗安有點緊張，「輝夜姬計畫」是她公司成立以來最大的案子，絕不能有任何閃失，既然已來到這個世界，就只有像以前一樣好好生活，繼續建立她的事業。

「妳是說……那個走失了的小孩，是莉娜拐走的？」

瑪麗安有點吃驚，她以為奧雲是因為已經懷疑莉娜，才會這樣問。

奧雲盯著瑪麗安，可是他的目光有點游移。他在想事情，他在想要不要開口問。

「傳聞是真的？說妳遇襲後失憶了？」他終於開口。

奧雲果然是聽到自己失憶的事。「那只是有點記憶混亂，醫生說在頭部受傷的病人中很正常的，一般只要幾天到幾星期就可以復元，檢查也說我沒問題。」瑪麗安以堅定的語氣說。「關於莉娜，那只是買個保險，現階段還沒有明確指出莉娜是犯人的證據。」

「嗯……我相信妳，那妳好好休息，希望妳早日康復。」

奧雲微笑著和瑪麗安握手，可是瑪麗安感到不安。本來對明天的活動她是滿有把握的，可是奧雲的態度，讓瑪麗安覺得，她好像遺漏了什麼。

11

到達設施之前，亨利才和太太德莉絲吵了一場。

「他們還沒有找到亞歷吧？為什麼我們還要參與第二階段？」收到第二階段的邀請後，亨利想回絕，他不敢相信國養部竟然沒有叫停這個「真人秀」。

「唔……找亞歷和『輝夜姬計畫』，並沒有牴觸的呀。」德莉絲倒是沒有很在意。「他們一定有後備人選吧。」

可是那不是亞歷啊，亨利想。「輝夜姬計畫」不就是要他們對被配對的孩子，當成自己的另一半去愛嗎？如果這個愛的對象可以隨隨便便替換的話，那和設施內把育兒視為工作的育兒員，又有什麼分別？

德莉絲可不是這麼想。她參加這個計畫，本來只是為了感受所謂和孩子的感情，既然她還沒嚐過那滋味，為什麼要退出？

「而且雖然是『真人秀』，可是畢竟在背後的是國養部，公司的人都知道我參加了，如果他們聽到我不再是其中一份子，雖說是我們自己退出，不過你覺得他們會怎樣想？」

就這樣，為了德莉絲，亨利勉強答應繼續參加，但除了關注找亞歷的進度外，對第二階段的安排一直也都興趣缺缺。

「你可不可以不要掛著這副哭喪臉？我們是去和孩子來個『親子時間』耶！」在去設施的途中，德莉絲忍不住說。

所以他們才在車上吵了一場。

「你們好！又見面了，上次發生那樣的事情很抱歉，想必讓你們受驚了。」到達設施後，之前見過的那名公關人員瑪麗安出來接待亨利和德莉絲。「聽說亨利你病倒了？」

「啊，只是一點感冒，已經完全好了。」德莉絲搶在亨利前回答。

瑪麗安又詢問了一下他們的近況，從她的表情和眼神亨利感到她在評估著什麼，所以每個問題都回答得小心翼翼，德莉絲也是一樣。

「對了，怎麼不見其他夫婦？」亨利問，他對只有他倆覺得奇怪。

「啊，他們比你們早一點到，我們正在和他們錄一些片段，因為你們情況特別，所以不用錄影。」

亨利和德莉絲交換了一個眼神。

「這次……會是怎樣的孩子？」德莉絲問。

「為了保安的理由，等一下工作人員會先帶你們到房間，我們會從後備中選出一人，然後通知那個單位帶過來。」

「保安理由……」亨利有點不明所以。「為了防止孩子再走失……？」

「那……這是你們的訪客證。如果等一下有需要離開這大樓的話，只要用這訪客證掃一掃那裡就可以開門，回來也是一樣。」瑪麗安指一下玻璃門旁邊的感應器，並沒有回答亨利的問題，德莉絲悄悄地拉著亨利的手，示意他不要再說。

「妳猜這房間的隱藏攝影鏡頭在哪裡？」被帶到和孩子見面的房間後，亨利在德莉絲的耳邊輕聲說。因為是真人秀錄影，必定有收音的麥克風，所以亨利放輕聲音。

「不管鏡頭在哪裡，你現在湊過來的模樣都會很可笑。」

他們被帶到在角落的房間，四面的牆壁都是整塊的落地玻璃，因為是在角落，可以清楚的看到外面的風景。亨利走到玻璃窗旁，發現外面是一片像是地毯一樣的草坪，剛才走來時因為吵完架心情太差，都沒有留意到。他把臉再貼近玻璃窗一點，想看清楚一點這片草地的大小。

「那片草坪……是屬於設施的嗎？」

「我想是吧，你看都有圍牆。」

德莉絲走過去牽著亨利的手。「我長大那區的設施，和這裡差不多，外面都有一大片草坪，小時候育兒員偶爾會帶我們在草坪上玩。」

「就像……那個孩子那樣？」亨利指著外面。

德莉絲順著亨利的視線，看見了在草坪上那孩子。那孩子看來大約四、五歲，穿著大人的尺寸的上衣，看起來就像穿了一件及膝的裙子，踏著有點顧慮但好奇的步伐遊走在那翠綠的草地上。

「嗯，差不多……不過我那個年紀時，從來沒有這樣一個人在外面的……而且附近總會有育兒員盯著的。」德莉絲鬆開牽著亨利的手，並走近一點玻璃窗。

習慣了草地的質感後，小孩開始邁步跑。看著那興奮地在跑的小孩，德莉絲露出了笑容。亨利發現，那是他沒見過的德莉絲，他繞到她背後摟著她。如果不是在這個完全透視的房間，他真的很想就這樣把德莉絲壓向玻璃，從後面和她……

這一刻，他突然想有和德莉絲的孩子。

「不要啦，你不是怕這裡有鏡頭的嗎？」德莉絲邊笑邊撥開亨利撫著她身體的手。

「就讓他們拍A片吧。」

「喂，親愛的，不要。等一下……」德莉絲拍打著亨利的手。「你看那裡……啊！天啊！有沒有人！」德莉絲甩開亨利，轉身衝出房間。

在亨利回過神來時，他看見窗外的草地上除了那個小孩外，還多了一個人，那個人的上半臉龐被連帽外衣的帽子遮蓋了，而下半臉則被戴著的口罩蓋著。

亨利再看著窗外那小孩的臉，一股電流像是流通他全身。

那……不就是亞歷嗎？

那個人抱起了亞歷，在轉身拔腿離開前，雖然看不到那人的眼睛，但亨利覺得那個人透過玻璃盯著自己……

12

竟然是這樣！瑪麗安在保安室裡眼睜睜看著那小孩出現又被帶走。那個套著外套帽子的人，抱走孩子後，從圍牆的側門離開，走上了停在門口旁的車子，保安人員即使追出去，也只能看著車子絕塵而去。

她在保全人員跑出去時便撥電話給甘頓。

「快些在全國發出安珀警報！」瑪麗安把情況告訴甘頓。「又有小孩被拐走了……不，我不是指在設施被拐走……犯人是用轎車載走孩子的，說不定會給其他駕駛者看到！你快些記下這些資料——孩子四歲，留著棕色短髮，性別和其他資料暫時不詳，嫌疑犯駕著四門白色轎車，車牌是……」

「等等！」甘頓大聲喊停瑪麗安。

「怎麼啦，這一點東西也記不下嗎？」

「妳剛才說什麼安珀警報啊？」

瑪麗安頓時一怔。

對啊，在這個世界，小孩都在設施中，絕少發生拐帶孩子的事件，所以也沒有北美人們作為常識的安珀警報。

「呃，我是說趁犯人還在逃，可以利用緊急通報系統，發手機短訊和在公路的電子螢幕打出告示，讓民眾多加留意。」

「唔……這提議不錯，但是這是國養部的意思？」

「什麼是不是國養部的意思？」

「國養部不希望小孩被擄的事給公眾知道吧。」甘頓說時是那麼理所當然。「這樣高調大規模的搜索好像不大好。」

該死的！電話另一端的瑪麗安比了個髒話的口型和手勢。「呃，那你先過來吧，詳細情況我現在告訴你。」

因為在第一階段時發生小孩被帶走事件，所以瑪麗安對第二階段的保安，都是集中在防止再有小孩被帶走。由於整個第二階段是在設施內舉行，所有人要離開設施都要刷卡，而十六歲以下的兒童的證件並不容許他們擅自離開，即使是十六歲以上、十八歲以下也要在系統有登記才能離開，所以保安方面都是集中在檢查所有進入設施建築物的人。雖然設施外面有很大的開放空間，但因為外面也有圍牆，而且小孩離開設施的風險很小，安排上也沒有特別加強在圍牆出入口的看守。

然而事實證明，瑪麗安敗於自己的自信。沒有人會想到，拐走亞歷的犯人竟然會帶著亞歷出現在這裡。

在看到德莉絲突然奔出房間同時，保安室的人看到外面草地上那個人抱走孩子的一幕。

「可惡！」瑪麗安感到頭皮發麻。只要安排幾個保安人員在戶外看守，就能在那人成功逃走前，攔截他並救回小孩。

現在一切都太遲。

瑪麗安調整一下呼吸，再慢慢走回保安室。

「看不到車上有接應的人，而且車子是那人上車後才發動的。」其中一名追出去的保安人員說。「我們記下了車牌，相信警方很快便可以找到。」

嗯，犯人會用自己的車拐走小孩。瑪麗安心裡嘲諷著。

「犯人是男人還是女人？」瑪麗安問。鏡頭只拍攝到犯人套著帽子，纖瘦的身型有點像女人但她不確定。

「這……因為距離有點遠……」保安人員也不能肯定。

瑪麗安會在意，因為她在想那會不會是莉娜。

甘頓和分局的探員到達後，瑪麗安到大堂迎接。

「亨利說那是亞歷。」瑪麗安在電話中已把情況告訴甘頓。「莉娜還是在你們的監視中？」

「嗯，」甘頓打了個呵欠。「確認了，一直在家沒有離開過。」

「沒有離開過嗎？」

「沒有。公寓的正門和停車場也有人監視。」

完美的監視，但那更顯出自己的大意。

所以莉娜有著完美的不在場證明。如果在第一階段拐走亞歷的是莉娜，她現在不可能帶著他出現在這裡。

甘頓和刑警先對拍攝團隊和其他參加「輝夜姬計畫」的夫婦問話，不過他們都沒有看到什麼，而和瑪麗安一起在保安室有五名保安員工，也只是在那人和亞歷出現在草地後才留意到他們。那邊結束後瑪麗安便讓拍攝團隊和參加者先回去，她和拜仁繼續留在設施。

最後是對亨利和德莉絲分別問了話，因為他們是第一目擊者。亨利肯定看到的是亞歷，並讓甘頓看手機中的照片。德莉絲則不肯定那是不是亞歷，只是因為看到可疑的人要抱走孩子而去求援。

「亨利認出是亞歷也不奇怪，他每天都在手機看很多遍他給亞歷拍的照片。」德莉絲說，語氣有點無奈。

對所有夫婦和工作人員問話完畢、待他們都離開後，瑪麗安、甘頓、分局刑警、奧雲和設施的負責人在設施的會議室開緊急會議。

「有誰可以告訴我，究竟發生了什麼事？」奧雲的臉色非常難看。

「呃……剛才在進行拍攝的時候，有人從外面把懷疑是亞歷的小孩帶進設施……」設施的負責人有點戰兢地說著。

「我當然知道發生了什麼事。」奧雲冷冷地說。

「不如我們先看監視器的錄像。」甘頓邊說邊把平板連接上會議室的屏幕。

「這是設施東南角圍牆的側門。」甘頓在旁解釋著。

監視器拍到，犯人早上十點左右開著一輛轎車停在門口，下車後他打開後座的車門，讓坐在裡面的小孩下車，然後他帶著孩子走到門前，因為角度的關係看不清他是怎樣開門的，總之不消半點工夫他就把閘門打開了。

「鑑識科剛來到，現在正在檢查門鎖。」

畫面一轉，那是另一台監視器，可以看到整片草坪。犯人在畫面的角落，進入設施後他觀察了一陣子，然後蹲下來和小孩說話，並指了指某個方向，然後小孩便向那人指著的方向走。

「那個方向正是對著亨利和德莉絲所在的房間。」甘頓補充。

之後就如亨利證詞所說的，小孩先是慢慢的走，在他開始拔腿跑的時候，那個人便從後追上去，追上後停了幾秒才抱走孩子跑回那間門從那裡離開。那幾秒大概就是亨利形容那個人盯著他的瞬間。

「誒，等等。」奧雲舉起手。「可以倒回去一點嗎？是，抱走孩子前……這裡，看到嗎？呃，麻煩你倒回去，這裡這裡！停！看到嗎？」

「嗯。」瑪麗安點點頭。

雖然只是一瞬，但可以看到那人把什麼放在地上。

「對，犯人在地上放下了這個。」刑警說著，邊從影片切換到檔案夾，並叫出一張照片。

那是一套小綿羊的服飾，和一個鈴鐺。

「這是亞歷在音樂會那天穿的服裝。」瑪麗安解釋著。「鈴鐺也是，音樂會那天，所有小孩都繫著鈴鐺，那是表演的一部分。」

「對。」甘頓加入。「鑑識已經把小綿羊服裝和鈴鐺拿回去，看看採不採得到指紋或是其他證據。」

有鈴鐺和衣服，有亨利的目擊證詞，加上比對監視器的影像，那個小孩很有可能是亞歷。

孩子穿的是另一套衣服，犯人是故意留下鈴鐺和衣服的，讓人知道那是亞歷。

「我們查核過，這個設施所有孩子都在，沒有其他設施有通報孩子失蹤。」設施負責人說。

「瑪麗安！是妳說沒有問題可以進行第二階段的！妳看現在竟然發生這樣的事！」奧雲壓著聲線不讓自己暴怒，但在場所有人都感到他的怒氣，設施的負責人繞著雙臂環抱在胸前，一副低頭沉思的樣子，事實上他在偷瞄瑪麗安，看看她有什麼反應。

——他應該鬆了口氣吧，奧雲先向自己而不是設施問責。瑪麗安想，她稍微調整了坐姿，正要開口回應時卻給甘頓先開了口。

「這不能只怪瑪麗安，設施的保安……」

瑪麗安輕輕碰甘頓的手，她向他微微頷首，那不只是禮貌上，她由衷對甘頓的挺身而出感動。這孩子，越相處越感受到他的男子氣概了。

「奧雲，幸好我們進行了第二階段。」瑪麗安笑說。

設施負責人微微抬頭揚一揚眉，顯然他對瑪麗安的回答感到驚訝。

「就結果來說，第二階段進行與否並沒有改變任何事。」瑪麗安站起來，輕輕掃平身上的洋裝。「所有『輝夜姬計畫』的參加者都平安無事，再沒有小孩被拐。而且，」她走到會議室前，雙手撐著會議桌。「因為第二階段，事情反而對我們有利。犯人顯然是知道第二階段進行的時間，才特地帶亞歷出現在這裡。試想想，如果不是這樣的話，犯人會怎樣做？可能不是在設施而是在一個更公開的地方？如果那樣的話，那亞歷被拐的事便會被大眾知曉。」

瑪麗安自信的目光掃過會議室的每一個人，最後停在奧雲臉上，她自覺剛才的說法應該很有說服力，雖然那是瑪麗安邊想邊說的。

「嗯，瑪麗安的話也有道理。」甘頓也站起來。「起碼現在我們知道亞歷還是安全的。」

「問題是，犯人到現在還沒有提出任何要求。」奧雲說。「我們不知道哪天這個神經病會帶亞歷去示眾。如果還勉強繼續進行第三階段的話……」

「奧雲，相信我，我們正和警方和ＦＢＩ緊密地合作，很快便能抓到犯人和救回亞歷，到真人秀影片播出時，公眾已把案件忘記得一乾二淨。對嗎，甘頓？」瑪麗安盯著甘頓，像是在尋求肯定的眼神。

「所以現在找出誰是犯人是我們最優先考慮的事。」甘頓說。「我已經和反恐部門聯絡，他們現正追蹤幾個組織的網路足跡，看看有沒有線索。另外他們也會利用社交平台大數據分析工具，找出有可能對國養法或是國養部不滿的人。」

瑪麗安聽著甘頓在解說反恐組的程序，說得好像憑那些高科技就可以很快找到犯人一般，可是瑪麗安看出，甘頓和她剛才一樣，都是邊想邊說，只是希望說些什麼來捱過了這個會議。

不過奧雲的話讓瑪麗安有點不安，畢竟她接下這個案子也是因為奧雲的關係，如果他不再支持由她的公司負責「輝夜姬計畫」的話，那對公司會有很大影響。所以會議一完畢，雖然已經是晚上，瑪麗安還是先回公司，趁國養部還沒有任何行動前，先開一張給國養部的顧問費單據，為了確認國養部同意的每個員工職級的收費，瑪麗安叫出她和國養部有關「輝夜姬計畫」簽定的合約。

確定了收費和合約一樣後，瑪麗安順便細看一下其他條款和細則，畢竟那是她來到這個世界之前簽訂的，她並不清楚和國養部的合約細則。

唔……和一般的服務合約無異，價錢也是很合理，但一點讓瑪麗安在意的，是合約特別提到「範圍外服務」的費用並不包括在「輝夜姬計畫」的標明費用內。

一般來說，每個項目公司都會分別簽訂個別的合約，除非是和那個項目有關，但又不大屬於原來定下的服務範圍，才會特別列明「範圍外服務」的費用在合約中。

在「輝夜姬計畫」中，會有什麼「範圍外服務」？

瑪麗安盯著屏幕，她完全想像不到本來的原意是什麼。瑪麗安在「輝夜姬計畫」的檔案夾中尋找，甚至連自己筆電硬碟中的秘密檔案夾也找過，都沒有任何線索。

第二天一早瑪麗安正要出門回公司時，甘頓剛巧打電話過來。「瑪麗安，不好意思這麼早打來。是這樣的，妳方便過來警局一趟嗎？」

「沒關係，怎麼了？」

「鑑識初步結果，門鎖沒有被破壞的痕跡，所以，犯人是刷卡進入的。」

犯人是刷卡進入？

「還有，」甘頓清一清喉嚨。「設施那邊說，查了那鎖的刷卡紀錄，那是用瑪麗安妳的名字登記的訪客卡。」

13

「所以前天妳登記了三十二張訪客卡？」刑警用不帶任何感情的聲音問瑪麗安。

因為閘門沒有被破壞，警方想到犯人會不會是有匙卡，於是調查刷卡系統的紀錄。沒想到一查之下，那竟然是瑪麗安在前一天登記借出的訪客卡。雖然警方說瑪麗安並不是嫌疑犯，但是當瑪麗安來到警局時，刑警和甘頓便帶她到一個空著的辦公室，問話主要是由那刑警負責，甘頓只是坐在一旁做筆記。

「對，因為訪客要登記個人資料，而我們人數眾多……參加『輝夜姬計畫』的十對夫婦，十人拍攝團隊，再加上我和拜仁。為了讓拍攝第二部的流程更順暢，我在前一天就拿了訪客卡，今天就在接待處確認每個人的身分才由我發放卡，省卻了不少時間。」

「所以每一張卡都是用妳的名字登記。」甘頓說。

「對。」

「妳拿到訪客卡時，有沒有確認數目？」刑警問。

「有。我在前檯數過才簽收。」

所以沒有人能比瑪麗安早一步拿到訪客卡。

「那之後妳去了哪裡？」

「我返回公司，放下訪客卡和有關『輝夜姬計畫』的東西後，便離開公司出席一個活動，一直到晚上十點左右，就直接回家。」

刑警問了活動舉行的地點，那是市內一家高級飯店。

「活動是在飯店的宴會廳，我相信飯店的監視器一定拍到我到達和離開，而且昨晚很多人都可以證明我在那裡。」

「那在公司的卡呢？妳在公司有把訪客卡鎖好嗎？」甘頓問。

瑪麗安猶豫了一下。「有，都鎖在我辦公桌的抽屜內。而且……而且如果有人在昨晚偷了卡，那今早我發卡的時候便會發現少了一張不是嗎？」

「那之後呢？」刑警問。「發生了亞歷出現的騷動之後，其他人是怎樣？」

「除了亨利和德莉絲以外，其他夫婦都繼續錄影，結束後警方對他們和攝影團隊問話，離開前我向他們回收訪客卡，再由我交回給前檯。我有數過的，前檯的人也在系統確認了數目和我登記的一樣。」瑪麗安加強了語氣。

「拍攝期間，妳在哪裡？」

「我在保安室，看著每對夫婦的情況，如果孩子有什麼突發狀況可以叫育兒員去幫忙。」瑪麗安不打算說那是因為她安排了要故意弄哭孩子。

「一直在那裡？」

「直到發生亞歷出現又被帶走的事件，即使你不相信和我一起的保全人員和育兒員，也可以相信設施內的監視器。」

問話完畢後，刑警出去確認瑪麗安前一晚的去向，甘頓留在局內的臨時調查中心整理筆錄。

瑪麗安不客氣的在甘頓座位前坐下。

「還沒吃早餐？」瑪麗安看了一眼甘頓桌上那份、不知何時買的雞蛋三明治。

「嗯。」甘頓坐下來，匆匆咬了幾口讓三明治塞滿嘴裡，就開始整理資料。

雖然她自己也常常因為工作關係耽誤了用餐時間，可是看著甘頓一副一邊工作一邊狼吞虎嚥的樣子，瑪麗安感到身體內的器官都有點點揪著的感覺，就像鬼鬼祟祟來的生理痛。

「關於刷卡系統，」瑪麗安問。「除了那側門的鎖，其他出入口的刷卡紀錄有沒有查過？」

「妳是說還有沒有其他人拿著妳登記的訪客卡出入過設施？」

「對，例如說忘了拿東西回車上拿之類……假設……他們當中有犯人的同夥，那人早上拿了訪客卡，然後藉詞出去，把訪客卡交給外面和亞歷等著的人，先刷卡讓那人回去設施內，然後外面那人帶著亞歷從閘門進去，再用某種方法把訪客卡還給同夥……唔……例如藏在設施某個地方……對！和設施那大樓不同，圍牆的閘門在裡面是不用刷卡來開啟的！」

為了方便給設施送貨和維修工人等外人，前檯的工作人員可以給圍牆的側門開鎖，而他們離開時只要是從圍牆的側門出去，就不用卡也能從裡面開門。即是說，只有從設施內那棟建築物離開才需要刷卡。

「沒有，沒有其他出入紀錄。真不夠走運，可惡……如果早點發現的話，就可以知道是誰。」甘頓用拳頭捶了一下桌面。他會這樣說，因為警方對參加者和攝影團隊問完話後，他們離開時把訪客卡交給瑪麗安，並由她交回給設施，設施回收了這些訪客卡後，在接待處的工作人員便把它們重設，準備給下一個訪客，所以查不到是哪一張訪客卡。而且卡只是瑪麗安隨機交給參加者和工作人員的，根本不知道誰拿了哪張卡。

「不過以防萬一，」甘頓轉身開始敲著筆電的鍵盤。「先查一下所有人的背景，確定沒有人和我們懷疑的組織有關聯。唔……再查一次亨利和德莉絲吧，畢竟亞歷是本來要配對給他們的小孩。還是有可能是衝著他們而來的。」

「不會，夫婦和小孩的配對完全是隨機的。他們也是音樂會前才知道誰是他們的

『小孩』，所以即使要對付亨利和德莉絲，也不會知道要拐的孩子是亞歷。」

「那麼保密？」甘頓有點驚訝。

「沒辦法。」瑪麗安托著太陽穴。「畢竟是全國播放的節目，總會有人有私心……」

「啊，就好像當年那育兒員私藏少年事件？我聽過，那是我出生前的事。」

「育兒員私藏少年……」瑪麗安重複著甘頓的話，從名字也大概猜到意思。

「那……有沒有二十年前？」

「肯定有，我也二十三歲啦。」甘頓吃完最後一口三明治。他不知道，瑪麗安在套話，她才不關心那事件是不是真的是二十年前發生的。

二十三歲，瑪麗安正是二十三年前誕下和路易的孩子。

「所以犯人不可能事前就知道亨利和德莉絲會配對到亞歷，而且也沒可能知道那天亨利和德莉絲在第二階段時會在那個房間。」

「可是犯人……」甘頓啜了一口冷掉的咖啡。「可是犯人卻像是早看穿了妳的安排似的。」

就是這個！甘頓點破了。就是這個原因！從拜仁那裡了解亞歷被拐帶的情況開始，到現在發生的事件，無論瑪麗安怎樣安排，對方總好像一早知道。昨天她和國養部開會時「輝夜姬計畫」還有可能被喊停，而犯人卻知道第二階段還是如期進行，他才能帶著亞歷出現。

是誰？能夠這樣及時知道一切的人……

「咦？外面怎麼那麼吵？」甘頓站起來，走出他們的小組辦公室。

平日瑪麗安也一定會跟著出去看個究竟，但是現在她的目光落在甘頓的辦公桌。甘頓把手機留在桌上，瑪麗安輕輕碰了屏幕──手機沒有上鎖。

她一邊掃視著甘頓手機的應用程式，一邊注視著周圍，以免給人看到她在做什麼。終於，那個螺旋形的圖標出現在眼前，圖標上那兩條交叉螺旋狀的線，像是兩條纏著瑪麗安意識的蛇。

遇到甘頓後，她調查過，由於所有孩子都是自出生起就由國家養育，為免發生近親結合的情況，以前人們領證結婚前，國家會比對DNA，確定沒有近親血緣關係才會獲發結婚證書。那時結婚前才發現是親人的事時有發生，後來不少人在交往初期就去診所驗DNA，但這無疑是浪費醫療資源，因為不是每對情侶都會結婚。後來國家開發了應用程式，程式以QR碼記錄了個人的DNA資料，對方只要用手機掃描QR碼，數分鐘便能和自己的DNA比對，歸納出三種結果：一、血緣關係極遠，二、有血緣關係，和三、近親。一般建議如果結果是有血緣關係，即使不是近親也最好到診所做詳細比對確認，才發生親密關係。

只要拿甘頓的DNA和自己的比對，就能知道他是不是自己的兒子。瑪麗安猶豫著。如果結果是近親，那甘頓就是當年自己和路易的孩子。不，雖說瑪麗安是獨女，但是她真的有十足信心相信父親沒有外遇的孩子？

不過瑪麗安很快便知道自己的擔憂很多餘。雖然甘頓的手機沒鎖，但要從程式叫出有DNA資料的QR碼，是要再輸入密碼的。

在瑪麗安為自己的愚蠢苦笑時，甘頓衝回來。「瑪麗安！妳要不要迴避一下？」還沒來得及反應，瑪麗安已知道甘頓叫她迴避的原因——莉娜和一個男人昂首走了進來。

這是瑪麗安來到這個世界後第一次見到莉娜。她臉上的妝容一絲不苟，在這個世界莉娜只是生產後半年，但剪裁貼身的套裝顯示她已經完全回復以前的窈窕。因為在以前的世界那段日子都沒見過莉娜，瑪麗安才發現原來她產後胸部豐滿了那麼多。莉娜看見瑪麗安有點錯愕，稍微顫動的嘴唇像是要說什麼，可是她只是看了旁邊的男人一眼。

「瑪麗安，想不到妳也在這裡，不過正好。」男人開腔。瑪麗安有點不知所措，這男人是自己認識的人嗎？為了不露出破綻，她努力在記憶中搜索這男人的臉，但是完全沒有頭緒。不，這臉我見過，瑪麗安想，不過是來到這世界之後的事。

男人從公事包中掏出一份文件。「這是法庭頒下的禁制令。」瑪麗安想起來，他是代表莉娜控告國養部的律師，在報導中看過他和莉娜在法庭外的照片。

「警方在毫無合理證據的情況下，無理的對我的當事人進行監視，侵犯了她的人身自由，加上現在案件的進展，證明我的當事人和亞歷失蹤一點關係也沒有。我們正式向法庭申請了禁制令，禁止警方再監視我的當事人，警方有權邀請我的當事人來警局協助調查，不過除非有逮捕令，否則我的當事人有權拒絕。如果警方違反了禁制令進行監視，所得的任何證據也不能在法庭提交。」

直到離開警局前，莉娜仍是一言不發。

「嗯，理據充分，我是法官也會批准這禁制令。」檢察官看過文件後，邊嘆著氣邊把它遞回給甘頓。

莉娜和她的律師離開後，甘頓和瑪麗安馬上去找檢察官，看看有沒有可能推翻禁制令。

「可是太可疑了吧？」甘頓不服氣。「我們調查過全都有可疑的組織，但是沒有證據顯示任何一個和拐帶亞歷有關……」

「莉娜不是也沒有嗎？」檢察官睨了甘頓一眼。「他們可不是瞎扯的，兩宗事件，犯人都是單獨行動。而第二宗事件，莉娜不是有你們警方當她的不在場證明？總之，除非有足夠證據，否則要逮捕莉娜，門都沒有。」

這招狠，瑪麗安暗忖，這是莉娜給自己的一記回馬槍。因為之前的衝突，莉娜想到瑪麗安深信自己是犯人，並會對警方說她最有嫌疑請人監視她，她整天在家，根本一早就識破了甘頓的監視。

瑪麗安想著剛才莉娜的表情，在她們互相盯著對方時，瑪麗安看到莉娜一邊的嘴角微微向上揚，那只是極度微細的動作，但瑪麗安確信她看到了。拿到法庭的禁制令，高調來警局禁止警方監視，莉娜是在向瑪麗安示威，她要用行動來告訴瑪麗安，她故意讓瑪麗安從自以為是中墮落，然後被她當面嘲笑。

這是戰書。

瑪麗安知道，和莉娜的一決勝負，正要展開。

14

這是甘頓第一次踏入影視工作室，他不禁好奇的四處張望。

「你坐那裡，不要亂碰。」瑪麗安指著她後面的一張椅子，拜仁在她旁邊，還有其他人在房間內。

「嗨！瑪麗安……咦，妳真的很喜歡這件衣服嘛，大費周章去把它洗乾淨，弄得那樣髒都洗得那樣不留半點污漬耶。」

這時瑪麗安才發現，自己穿著那天在公園遇襲時穿的那件上衣，那是在跳蚤市場一個本地設計師的攤位買的。因為覺得設計真的很特別，而且麻質衣料很舒服，瑪麗安不想丟，所以她把衣服洗乾淨，這天是第一次再穿。

「這個是根據第一階段和第二階段拍好的東西，剪輯成的短片。」其中一個戴著眼鏡的男人說，瑪麗安向甘頓介紹是導演。「當然這只是第一剪，配樂還是很粗糙。」男人看了旁邊長頭髮的女人，女人比了個「V」字手勢。

「喂，瑪麗安。」甘頓打岔。「妳要我來這裡做什麼？我應該是要調查有可能拐……呃，有可能犯下那案件的組織……」

「等一下你就知道。」瑪麗安只是稍微轉過頭來。「你那邊不是還有其他人在調查其他組織嗎？那你急什麼？」

第一段短片一開始是設施內的小孩玩耍、和參加計畫的夫婦訪問的片段互相穿插，背景播著輕鬆的音樂。

「以前沒有想過要生小孩——」

「會不會控制不了？」

一對對夫婦在白色背景前接受訪問的剪輯，說著的是參加前的心情，角落有他們的名字。

「我想我可以的。」

電腦屏幕映著年輕少婦自信的說著。當她旁邊的男人誇張地用懷疑的表情看著她時，她一邊作勢要打他，一邊露出燦爛的笑容。

「這對不錯，兩人的互動恩愛又不失喜感，觀眾會喜歡的類型。」導演說著。

之後的是音樂會的片段。

「誒？」甘頓忍不住開口。

「又有什麼事？」拜仁皺著眉問。

「只有九對夫婦？」甘頓指著屏幕。「亨利和德莉絲的訪問被剪走了？」

「不是被剪走，而是根本沒拍。」拜仁沒好氣的說。

「這些訪問是之後拍的，雖然播出時是在前面。因為第一階段發生了亞歷的事，所以沒有機會補拍。」瑪麗安耐心的為甘頓解釋。

音樂會的剪輯，是先有每一個小孩的大頭鏡頭，和大人一樣，會映出小孩的名字。

「唔……」瑪麗安想說什麼，但是她等到看完整段才說。「小孩的部分，我在想要不要打名字和特寫。」

「嗯，我明白妳的意思。」導演點點頭，一邊看著平板電腦的筆記。「如果不要特寫的話，要不加長音樂表演的片段，要不再加一些大人的訪問。」

「還有沒有那天大人和小孩互動的？」瑪麗安瞄一眼導演的筆記。「想給觀眾多看一點互動，突顯現在和以後的反差會更好。」

「為什麼不要小孩的特寫？」甘頓壓低聲音問拜仁。

「這和你無關吧？」拜仁敷衍著。

「你就給他說明吧。」瑪麗安指示拜仁。「他明白對調查也有好處。」

「瑪麗安的意思，是把觀眾的注意力集中在大人身上。沒有映出名字，就是不讓觀眾對小孩有依存的情感。」

「啊，就好像主婦對連續劇角色那樣！」

「女性觀眾對真人秀的投入程度很強，她們很容易把參加者當成認識的人般評論。」瑪麗安轉身向甘頓。「不要忘記這是政府鼓勵生育的宣傳，我們要觀眾認同在那些夫婦參加者身上的滿足感，不是對特定小孩的感情。而且……而且亞歷的事……」

瑪麗安沒有說下去，工作室內突然陷入尷尬的沉默。

「沒有名字，就只是臉目模糊的『小孩』。」拜仁插嘴。「所以發生重大事故時媒體都愛報導受害人的背景，什麼對生命很有熱忱啦，受大家喜愛啦，就是要掀動大眾對陌生的受害人產生感情，而要得到相反的效果的話，操作就要反過來。」

瑪麗安有點尷尬的轉身回去看屏幕，拜仁留意到瑪麗安的不自然。

「明白的，所以我們有時候不會太快公佈受害人的資料。」甘頓點頭。

「瑪麗安，妳不用在意這孩子對我們的觀感啊，他可是FBI，和媒體打交道也不少吧。」拜仁故意說給瑪麗安聽。

「那要怎樣做？現在很難斷定誰的態度會有反差吧。」這時導演把眾人的焦點帶回工作上。

「這個不難。和編劇商量一下，想想第三階段時要怎樣拍。多拍一點沒關係，最重要是剪輯時有足夠材料。」

甘頓正要開口，拜仁已經睨著他。「你是想問，真人秀為什麼有編劇？」

甘頓揮揮手。「沒有，既然整件事是一個操作的話，就不難理解了。可是編劇是把寫好的劇本給參加者嗎？不是專業演員能演嗎？」

「當然不是叫他們演。」導演笑著。「編劇會寫好真人秀的方向，誰是挑起事端、誰是被欺負的都有定案，然後就是讓工作人員在拍攝時把他們引導到那個方向，或是訪問時故意問誘導的問題引他們說某些話，再加上剪輯就成了……那現在給你們看第二階段的初剪。」說著導演播放另一段片。

第二階段是在設施內，夫婦們和已經認識的孩子的互動，雖然只是第二次見面，但是育兒員已經提前為小孩們做好準備，所以他們見到「父母」都沒有陌生的感覺。

「這裡有趣了。」拜仁笑著對瑪麗安說，可是瑪麗安只是含蓄地點點頭，拜仁也只有沒趣地收起笑容盯著屏幕。

影片中小孩在玩一個盒子，上面有不同的圖案，按下去時會播出不同的音樂，小孩很喜歡那些音樂，還跟著搖晃。屏幕映出「加字幕」的製作人筆記。

「這裡會寫一些『玩得正起勁時……』之類的字幕。」導演指著屏幕。

這時小孩按到某個圖案，盒子裡的蓋子突然彈開，一隻很醜的怪獸娃娃伴著尖叫聲效彈出。

「哇！」甘頓也被嚇了一跳。「呃，不好意思。」

小孩被嚇呆了，坐在原地不知所措，幾秒後才懂得放聲大哭。然後插入的是其他四名小孩被嚇到的片段，所有人都嚇得哭出來。

然後是「父母」們安撫孩子的片段，雖然有為他們提供過訓練，但是畢竟他們都沒有面對大哭的小孩的經驗，難免會有點慌亂。

「學過的都不記得了。」畫面又再插入夫婦的訪問。

「真的完全沒轍！」又是那對討人喜歡的夫婦，這次女的誇張地舉起手說著。

「完全忘了育兒員教的步驟，只是摟著他。」鏡頭立刻接到這對夫婦安慰著小孩的片段。

由於小孩被嚇到，育兒員給參加者的「任務」是，要讓孩子不怕那盒子，例如反複再讓怪獸娃娃彈出，夫婦一起很卡通地模仿那聲效，小孩不久後已破涕為笑，由害怕那盒子，變成洋洋得意地把玩起來。

「就是這樣，『重置』。」瑪麗安喃喃說著。

「什麼？」甘頓問。瑪麗安背對著他所以他聽不到。

「重置——」拜仁搶在瑪麗安前面說。「簡單來說就是以新的經驗取代不愉快的記憶。」

「處理公關危機也是一樣。」瑪麗安說。「出了事時，先要交代清楚予人事情終結的感覺，繼而破壞人的聯想然後『重置』記憶，像孩子一樣，被嚇到後，學會害怕那盒子，但是當知道盒子內沒有會傷害他的東西，再重複感受新的愉快記憶，就忘了之前的驚嚇。害怕盒子就變成喜歡盒子。」

「哦。」甘頓點頭。但是他並沒有留意到拜仁看著他，又再看看瑪麗安。

「拜仁你最近都辛苦了，今天就先這樣，你先回去吧。」在工作室逗留了個多小時，和製作團隊討論好後續，瑪麗安便交代拜仁可以回家。「甘頓你在大堂等我一下，我去一下洗手間。」

然而瑪麗安回來時，她看見拜仁和甘頓站在一角。瑪麗安沒有出去，想看看拜仁在做什麼。

「喂，你究竟來做什麼的？」拜仁從口袋拿出菸，在原來的世界，拜仁在第一個孩子出生後便戒了菸。

「誒？我不知道，瑪麗安叫我來的。」

「那之後呢？之後你們要到哪裡？」

「我也不知道啊。」甘頓聳聳肩。

「少來了！」拜仁向甘頓步步進逼。瑪麗安也嚇了一跳，她認識的拜仁，從來沒有這樣的強勢。「瑪麗安對你，就像對接班人一樣！剛才她還耐心的教導你種種，怎樣，你是不要當ＦＢＩ探員了嗎？」

「哪有？我只是和瑪麗安一起調查亞歷被拐的事……」

「你……」拜仁好像想到了什麼。「喂，你……你和瑪麗安比對過ＤＮＡ嗎？」

甘頓一愣。「你說什麼？我和瑪麗安不是那種關係。」

瑪麗安知道是現身的時候。「對不起，甘頓，讓你久等了。啊，拜仁你還沒走？」

「啊，差不多了，我出去抽一下菸。」拜仁急急乘電梯離開，在瑪麗安看來像是夾著尾巴逃走。在原來的世界，拜仁從來都只是安守本分，完成工作就急急回家看孩子，不單不會過問瑪麗安在工作上的決定，還樂意培育後輩。瑪麗安嘆氣，如果在原來的世界拜仁是現在這樣的話，瑪麗安就不用為西岸的事苦惱。

「亨利和德莉絲那邊有什麼線索？」瑪麗安駕著她的跑車，問坐在副駕駛座的甘頓。

「調查過他們身邊的人，沒有和設施或國養部有關的人。他們沒有和人結怨，不像是衝著他們而來的。」

「那其他組織呢？」

「沒有，不論是反政府，還是現屆執政黨的敵人，都沒有線索，要攻擊政府，有太多其他材料，『國養法』和『輝夜姬計畫』相對來說，太微不足道。」

「莉娜那邊呢？會不會有她的支持者，暗地裡策劃去破壞『輝夜姬計畫』來聲援她？」

「查過了，只有零零星星在社交媒體和Reddit的討論，激烈的言論也是有的，但都限於網路上的炮嘴。」

「暗網呢？」

「沒有線索，當然，除非那是比恐怖分子還厲害、完全離網的組織。」

「我就知道。」

「那妳又讓我查？」甘頓沒好氣。

「沒有聽過嗎？『當你排除了所有不可能的，剩下的即使再不可思議，那也是真相』。我們現在是在排除其他的可能性。」

「哈，好像很睿智，誰的名言？」

「你真的沒聽過？福爾摩斯！真是的，你不看書的嗎？」瑪麗安露出一副藐視的表情。「好歹……算了。」她本來想說，好歹你爸也是個愛看書的人，但是甘頓根本不知道自己父親是誰。

不，其實瑪麗安也不肯定甘頓就是她和路易的孩子，也許應該用那應用程式先比對一下ＤＮＡ。但是如果結果是近親的話，她又怎向甘頓解釋？可是她明白根本不用解釋，在這個世界，這定是常有的事。瑪麗安知道，她不想比對，是她不想面對，她真的會對自己孩子偏心的事實。拜仁反而很清楚，她對甘頓的態度，讓拜仁覺得自己的地位被威脅。

「妳究竟叫我來做什麼的？」甘頓整理一下坐姿，看來他不習慣坐跑車的座椅。

瑪麗安不得不承認，拜仁看穿了自己，她真的是想讓甘頓來看看她工作，如果他對她或是關聯的工作有興趣的話，她非常樂意教他或是為他引薦。ＦＢＩ的工作太危險了。想到這裡，她驚訝自己竟然有這樣的想法。甘頓絕對可以用年輕有為來形容，再多點經驗，他一定會成為獨當一面的ＦＢＩ探員，而且看他工作的樣子，明顯他是做著夢寐以求的工作；而自己，還是主觀地因為工作危險而不想他做探員。

就像一個有老舊思想的母親——當ＦＢＩ是很好，但最好不是自己的孩子，自己的孩子的話，只要安安分分健健康康生活就好了。

瑪麗安有點不高興。「怎樣？影視工作有沒有趣？比當ＦＢＩ那危險的工作好吧。」

「嘖，要妳管？咦？我們去哪裡？」甘頓留意到瑪麗安的跑車只是在附近兜圈。

「有些有趣的情報。」

這時車子再駛回工作室樓下的停車場，瑪麗安帶著甘頓回到工作室時，裡面只剩下導演一個人。

「導演，希望你的情報是有用的。」

「瑪麗安，我聽到一些行家的消息，莉娜租了一些拍攝器材。單反腳架反光板燈光背景白幕之類，也問過一些剪接配樂的軟體的事。」

「租了多久？」

「一個月前的事，聽說要租三個月，只租器材而不要攝影師，租給他那個人見以前莉娜也很照顧他，便以很便宜的價錢租一些他很少用的舊器材給她。」

「她要拍攝器材幹什麼？做網紅嗎？」甘頓問。

「不知道。」導演說。「租器材給她的人有問過，並提出可以在沒有趕工時幫她，但是她婉拒了。」

「租器材給她的是誰？」甘頓一問，瑪麗安立刻按著他的手，示意他不用問。對方的身分不重要，她已得到她要的情報。

莉娜要拍影片，瑪麗安覺得，她是打算正面向自己迎擊。既然瑪麗安用真人秀影片去為國養法建立公關工程，莉娜打算做同樣的事，利用影片去製造對自己有利的輿論。如果已經是一個月前，那影片應該已經拍好，說不定連後製也完成，正在等適當的時機發佈。

瑪麗安感到雞皮疙瘩，莉娜這樣做，是為了推翻國養法的官司。這個年代，只要得到人心得到輿論的同情，什麼法律價值也可以扭曲。做為莉娜長年的拍檔，瑪麗安很清楚她在這方面的能力。

「我們有兩個敵人。」瑪麗安在車上說。「莉娜打算用同樣方法，利用影片製造輿論攻擊國養法；另一個，是不知名的犯人，因為某種原因，拐帶了亞歷。如果我們找到動機，說不定就能抓到犯人。」

甘頓想了一下。「根據動機來推斷犯人最不可靠，所以才會出現鑑識科學的發展。」

瑪麗安把車停在路邊。「不，動機加上科學，就能推理出牢不可破的結論。那我們從科學角度想，物理上證明了莉娜不可能是拐帶亞歷的人，除了因為案發時她有不在場證明外，還有犯人是用我名字登記的訪客卡帶亞歷進入設施，莉娜不可能拿到那些訪客卡。」

「瑪麗安，妳是想說……」

瑪麗安握緊方向盤，她緊皺著眉，像是忍著強烈的胃痛吐出：「拜仁。」

說是忍著痛也不為過。雖說甘頓可能是瑪麗安的兒子，但他也是ＦＢＩ調查員，瑪麗安一直也視拜仁為左右手，雖然不是原來的世界，但這些日子來他倆仍是一樣合作無間，要懷疑這樣的一個夥伴，那是和割下一塊肉沒有分別。

「妳覺得是他偷了訪客卡？妳不是說訪客卡都鎖起來的嗎？」

「我的確是把卡都鎖在我辦公桌的抽屜內，可是，如果真的要做的話，這些年來，要取得抽屜鑰匙來複製並不難。」

這是說，拜仁對瑪麗安的背叛，是更早以前就開始了。

「如果……拐帶亞歷，在第二階段那樣高調地帶他出現，這一切不是對付政府，不是針對國養部或『輝夜姬計畫』……而是衝著我而來的呢？」

既然甘頓已經調查過，國養部那邊並沒有要對它不利的線索，亨利和德莉絲那邊也不是，那瑪麗安不得不推論，這是針對自己的行動。

剛才看到拜仁那樣質問甘頓，瑪麗安了解到，在這個世界，拜仁更小心眼更善妒更多疑有野心，當然了，在這個世界，不用分心養育三個孩子，他理所當然最關心自己的事業，並專注讓自己能爬到更高的位置。

而已經在行內站穩住腳的瑪麗安，自然是他的障礙。

15

「寶貝你想吃什麼？」女人拿著菜單問坐在旁邊的小男孩。

「我不知道。」男孩應該是小學生，他趴在桌上，盯著放在他面前的手機，手機正在播YouTube的卡通片。

「那吃肉丸義大利麵吧……」

「我不要吃肉丸。」

「那披薩好嗎？」

「嗯。」男孩只是聳聳肩。

另一邊廂，像是女人的丈夫的男人，想和像是高中生的女兒聊天。

「學校怎樣了？」

「還好。」女孩低著頭滑手機。

「足球隊明天有比賽不是嗎？」

「嗯。」

「幾點啊？」

「四點。」女孩在寄短訊。

「我可能可以早點下班來看，親愛的妳呢？」

「唔？」

「她明天的球賽，妳可以提早下班去看嗎？」

「可以啊。」女人又回到菜單上。「寶貝披薩要什麼配料啊？」

「都可以。」男孩又聳聳肩。

終於點好菜，女人鬆了口氣，並急不及待掏出手機。

在他們這一家旁邊桌子的瑪麗安和洛姆，不約而同地相視而笑。

＊＊＊

「不用擔心，拍攝完畢後會把地方清理乾淨的。」瑪麗安笑著說，她端詳著眼前女人的臉。「嘿，可以請化妝師替她補一下嗎？」

「呃，有必要化濃妝嗎？」女人有點疑惑。「不是說在家要自然一點的嗎？」

「因為是室內，而且是晚上，沒有自然光，拍攝時會打光，雖然看起來像濃妝，但是在燈光下完全看不出來的，妳想想，電視劇中的人看起來都不像化了濃妝呀。」

女人只是點點頭，靜靜坐下來讓化妝師替她補妝。

瑪麗安邊微笑著看邊點頭，女人也安心的回以微笑，但她看不到瑪麗安偷瞄手中的手機。

第三階段的安排，是孩子到「父母」的家，一起吃晚餐並會在「父母」家睡一晚。下午時拍攝隊伍先行到參加的夫婦家中準備，安排攝影角度，在為孩子預備的房間安裝鏡頭等。到黃昏時間，每個孩子都由育兒員陪同，乘坐安排好的車子到「父母」的家，而途中更有刑警跟隨。

由於夫婦們的家分別在九個不同的地方，為了人手安排，所以拍攝分兩晚進行。這天第一晚瑪麗安來觀看拍攝的家，就是那對大家覺得觀眾會喜歡的夫婦，考慮到短片上傳後的後續，瑪麗安特地來這家，確保不會發生可能破壞他們形象的事，因為萬一攝入了鏡頭，就有流出去的可能，那網民的詮釋就受不到瑪麗安控制。

「就這樣？安全方面沒問題嗎？」拜仁打電話來問。拜仁和瑪麗安公司的員工則被派到每一家去監場，如果發生什麼事也能應變。

「嗯，這次地點是在家中，出入的人反而比在設施更易監控，警方已經派人在每家看守，孩子的房間又有攝影鏡頭，要拐帶孩子絕不容易。而且……」

「而且？」

「我看甘頓說，警方那邊……」

「警方那邊怎麼了？」

「甘頓說……嘿，那個燈光移一下！」

「警方有什麼部署？」

這時門鈴響起。「啊，晚餐外送來了，我這邊拍攝要開始了，拜仁你那邊可以嗎？」

「……嗯，沒問題。」

為了安全，晚餐都是叫外送披薩，菜單都由育兒員檢查過，下午的拍攝隊伍在準備的時候設施也有派人來查看，確保家中沒有對小孩有危險的東西。可能一下子那麼多人在家出入，那位年輕太太有點緊張，聽到要補妝便有點抗拒，瑪麗安知道那只是她宣泄內心不安的出口，突然那麼多陌生人在家中出入，普通人一定會緊張，所以瑪麗安一直在陪伴著她。

正式拍攝時，因為孩子和夫婦已經算是熟絡了，餐桌上的氣氛還不錯，小孩乖乖的坐在餐桌前，大概這就是在設施集體養育的結果，瑪麗安記得在原來的世界的朋友說過，小孩上學後學懂紀律，但回到家又變回了公主王子。

「好不好吃？」做為「母親」的女人問。

「嗯，我最喜歡吃披薩了。」孩子開朗地說，嘴角還沾了番茄醬。叫披薩是參考了孩子的資料。

「有什麼配料是你最愛的呢？」「父親」問。

「唔……也沒有特別喜歡或討厭的……」

「這樣啊……」「父親」不知怎樣接話。

「那你今天在學校做了什麼？」女人問，畢竟在意鏡頭，她盡量擠出溫柔的笑容。

「唔……今天是週末學校沒課。」

「那你做了什麼？」

「唔……也沒有什麼特別的，就是看看影片。」

「啊，你看了什麼？平日最喜歡的有哪些？」男人興奮的問。終於打開話匣子了。

「唔……《尿布超人》。」

兩夫婦一怔，不只他們，在場不少人的臉上都掛上「那他媽的是什麼東西」的表情。

「是講什麼的呢？」女人笑著問，聽到這種影集的名字，她大概是想大笑吧——瑪麗安想。

「唔……達達是個北鼻，他換了乾淨的尿布就會變成超人，去幫助設施內其他小孩。」

好不容易捱過晚餐的拍攝，夫婦和小孩在客廳休息，工作人員在房間準備，想要拍一些睡前的片段。瑪麗安和導演在看重播。

「真難看。」導演輕聲說著，他的兩邊眉頭已經皺得快要捲在一起了。「互動也太少了，明明已經是第三次見面，還好像很陌生似的。」

「還好吧，我遇過更差的。」瑪麗安自言自語。「我常常在餐廳遇到那些一家人都在滑手機的。」

「啊？瑪麗安妳說常常遇到？」

「呀，我是指那些一同吃飯，但各自滑手機，像陌生人一樣的人。」

瑪麗安看著電腦的影像。真的，雖然他們沒有血緣關係，但在原來的世界中，即使是有血緣關係的父母子女，也是像是陌生人一樣各自滑手機。所以，是不是一家人又有什麼關係呢？

「喂，這孩子是這樣內向的嗎？」瑪麗安低聲問導演。

「孩子可能心情不好在鬧情緒吧。」所以靜靜坐在桌前是在鬧情緒，而不是乖巧的表現嗎？

「編劇沒有寫好給夫婦們的話題嗎？」瑪麗安四處張望，沒見到編劇的身影。孩子就算了，兩個大人都好像還不懂和孩子相處。

「只是擬定一些題目吧，畢竟沒人有這樣和小孩一起用餐的經驗嘛。」

——啊，對。又差點忘了。

「對了，《尿布超人》是在孩子間很紅的影集。」導演對瑪麗安說。「我有個學弟是在那個製作團隊的，成人中除非是做兒童節目的行內人，或是在設施內工作才會知道……不過那段會被剪吧。」

瑪麗安點頭。政府製作的影片，不可能提到個別影集的名稱。

「沒關係，反正那段他們的表現也不大好。」

「剛才用餐那段，」瑪麗安說。「只出畫面不要聲音，配個溫馨的音樂，找些有笑容的鏡頭，用幾個慢鏡加特寫，看起來就像溫暖的晚餐，而不是剛才的突兀。」

「我也是這樣想。」導演也給了個饒有意味的微笑。

「導演，可以拍攝房間裡睡前的鏡頭了。」攝影師走過來，把平板電腦交給導演。房間的拍攝是用裝在天花板角落的小型鏡頭，有點像偷拍。這樣睡覺時隊伍就可以離開。

工作人員對那對夫婦說孩子可以去睡覺，女人突然像是想起什麼。

「啊，有東西忘了！」她跟小孩說：「有好東西給你！」說著她走到給孩子準備的房間內，打開裡面的衣櫥。

「你看！可不可愛？」女人從衣櫥拿出兩個超大的布娃娃，布娃娃差不多有小孩一半那麼高，女人即使雙手抱著也顯得有點狼狽。兩個娃娃做成怪獸的樣子，有點像是卡通化的恐龍，一個是藍色，另一個是黃色。

「如果我早點知道的話，就可以做成《尿布超人》了。」

小孩的雙眼睜得老大，他的樣子像是好想跑過去擁著那兩個娃娃，但是他只是盯著女人，像是等她的許可。女人一示意，他立刻像是撲倒的嵌進娃娃裡。

「這位太太是布藝手作專家。」瑪麗安記得她看過的每位參加者的資料。

「把娃娃放在床上，讓它們陪你睡覺好不好？」女人說著把娃娃安置在床頭，就在枕頭的兩邊，瑪麗安透過導演手中的平板電腦看著。

「等……等等！」瑪麗安走到房間。「娃娃不能放在枕邊！」

「誒？什麼？」導演也給瑪麗安的舉動嚇了一跳。「娃娃也滿可愛的呀，被娃娃包圍的小孩……畫面應該不錯。」

「如果是一、兩個鏡頭還可以，之後要把娃娃拿走。」

「為什麼？」所有人都大惑不解。

瑪麗安看著身邊的工作人員、導演、那兩夫婦，還有在場的育兒員。他們沒有一個看到有問題嗎？

「小孩……枕邊有這樣的娃娃，睡覺時有可能拉到或是翻身變成娃娃壓在臉上，造成窒息！真是的，這是……」瑪麗安止住沒有繼續說下去，她只是嘆了口氣，默默地拿走娃娃。

她想發飆罵「這是常識吧」，在原來的世界，即使沒有小孩，也常常會從新聞中看到：「大意父母生日禮物娃娃悶死女兒」、「炎夏母親留下兒子車內熱死」之類的事件。大家都會對小孩生活上的細節有危機意識。而且身邊有孩子的朋友也會談起各種小孩的話題，不知不覺都學到不少，雖然瑪麗安以前對那些話題很沒耐性。但在這個世界，人們都失去學習這種「常識」的機會。

「妳說得很有道理。」育兒員走過來說。「我都沒有想到，因為在設施內我們從來沒有給小孩玩這樣大的娃娃，以後我們會注意的。」

瑪麗安點點頭，把娃娃交給工作人員。

拍攝完畢後，瑪麗安去取車時，順便看了一下手機，因為拍攝的關係，手機都調到靜音。一共有六個未接來電，都是拜仁，都沒有語音留言。

「喂？甘頓？是我。」發動車子後，她打電話給甘頓。「拜仁……上鉤了。」

＊＊＊

「明天和後天是『輝夜姬計畫』第三階段的拍攝，」拍攝前一天，瑪麗安和甘頓在警局的特別調查小組的辦公室見面。「也是逮著犯人的最佳時機。犯人要幹什麼的話，這兩天就是最後機會，我們需要設局引犯人露出破綻。」

坐在桌上的甘頓環抱著雙臂。「但是莉娜有禁制令，要有效的監視她並不容易。」

瑪麗安嘆了口氣。「我不是說莉娜。」

「誒？妳真的懷疑拜仁？」

「你想想，首先，門鎖沒有被破壞，加上刷卡紀錄，雖然現在還不清楚他們是怎樣辦到的，但是當時三十二張卡都在設施內，所以肯定是其中一人，讓外面帶著亞歷的那個人能用訪客卡進去。」瑪麗安說時留意到甘頓注視著她，表情有點奇怪。

「他不是妳多年的下屬嗎？而且我看他為了『輝夜姬計畫』也很勞心勞力……」

「幹我們這行，最重要是懂得隨機應變，我不會死守原來的推論的，只要證據向別的方向走，就不得不推翻之前的論點。」

「妳是指莉娜有不在場證明？」甘頓搔搔頭，莉娜有警方作為不在場證明的確令他很頭大。「但是拜仁不也是有不在場證明嗎？第二階段時他一直和妳在一起。」

「那當然是同夥。」

「但是照妳這樣說，莉娜也可以有同夥的呀。」

「不錯。」瑪麗安微笑，像是早就猜到甘頓會這樣說。「可是她拿不到我登記的訪客卡。她離職後，所有鎖已經重設，她不可能在前一晚到公司偷卡，而且如果她來的話，公司所在大樓的監視器也會拍到。」

「所以如果是莉娜的話，她需要一個能拿到妳登記的訪客卡的人，而且那個人還要是對第二階段流程瞭如指掌……」甘頓摸摸下巴。「而拜仁，就是最有可能的人……有沒有可能拜仁是莉娜的同夥？」

「那他們便需要第三個人，把亞歷帶到設施。」瑪麗安說時豎起三隻手指。「而且對拜仁來說，如果他只是單純地要對付我的話，更不可能冒著得罪國養部去幫莉娜。」

看著甘頓低著頭沒有作聲，瑪麗安把椅子滾到更接近他。「我們公司有幫助藝人的經紀人公司。最常見的事情是，藝人給拍到在不應該出現的地方。」

「那和這有什麼關係？」

「經紀公司回應之前，首先要搞清楚究竟被拍下了什麼照片、有多少照片。例如清純男偶像被拍到從脫衣舞夜店出來，如果只是被拍到從店裡出來，那通常都會推說是大夥要為某前輩慶生，男偶像為了尊重主人家而出席。但如果被拍下和舞孃玩樂後到飯店的照片，對策就完全不同。」

「脫衣舞夜店和拜仁的連接點是……？」

「現在我們得到的線索，就像偶像從脫衣舞夜店出來的照片。」瑪麗安敲了敲桌面。「我們要的是舞孃坐在他大腿上的照片，不然拜仁就可以推得一乾二淨。」

「所以？」

「所以要抓到他的同夥。」瑪麗安看著甘頓。「拜仁在第二階段時可有不在場證據。所以，他一定有同夥。只要逮到那個人，他就有可能供出拜仁。我想到一個方法，明天，我需要你們的幫忙。」

甘頓突然繞到瑪麗安後面，雙手搭著她的肩臂，把她的肩膀握在掌心。

「我明白妳的感受。」沉默了很久，他的聲音終於在瑪麗安耳邊響起。「調查案件時，為了找到嫌疑犯的罪證，往往要他們最親近的人協助，這對他們都不是容易的事，我們常常要費很多唇舌才能說服他們。所以，妳這樣主動協助，真的，很了不起。我理解的，妳現在一定很難受吧。」

瑪麗安輕拍甘頓的手。「謝謝。」

然而，瑪麗安有點心虛，她只是在意甘頓眼中的自己；至於拜仁，雖然他仍是三個孩子的父親，但他已經不是那個她會疼惜的下屬。

16

生孩子好嗎？

瑪麗安托著腮，邊看著眼前的拜仁邊想著。

他的第二個孩子剛出生，雖然他老婆放產假在家，但是嬰兒半夜還是會醒來幾次，拜仁還是要半夜起來幫忙照顧小孩。而且還要照顧大兒子，所以他最近都掛著喪屍一樣的臉容來上班。

前陣子因為老婆要去產檢，拜仁便風塵僕僕管大兒子的接送、幼兒園游泳班之類，彷彿完全沒有休息時間。

「生孩子好嗎？」瑪麗安忍不住問。「你是為了什麼生孩子？」

「有了孩子，家中熱鬧多了。」拜仁稍微側側頭答。

「想要家中熱鬧還有其他方法。」

「孩子讓我覺得圓滿了人生。」

「所以那就只是動物原始地要延續自己物種的本能了？」

「又不能那樣說……」拜仁有點為難。人總是不願意承認自己的動物本能，總是認為自己更高尚、更自主。瑪麗安這樣想。

「呀，」拜仁像是想到什麼。「孩子，讓我成為了更好的人，真的。」

看著拜仁臉上那老好人的笑容，瑪麗安也沒有再說下去。

成為更好的人……

＊＊＊

「所以不能掉以輕心，看起來很單純的東西，可能對孩子有危險。」

第二天一早各人先在瑪麗安公司開會，交換一下前一晚拍攝的經驗和遇到的問題。瑪麗安當然有提到娃娃的事，各人都一臉恍然大悟的樣子。

「好，就先這樣，趁現在先完成其他工作，下午再出發去拍攝現場！雖然『輝夜姬計畫』重要，其他客戶也很重要，不要因為要去拍攝現場讓其他工作進度落後！」

瑪麗安邊走回辦公室邊煞有介事的看手機顯示的時間。

「瑪麗安，怎麼了？一直在意著時間。」拜仁走上前問。

「啊，沒有。」瑪麗安看了看四周，然後叫拜仁跟她進辦公室。

「你昨天打了幾個電話過來，又沒有留言。我一直忙到半夜，怎麼了？」瑪麗安把門關上。

「嗯。」拜仁坐下來。「我只是好奇，妳和甘頓在搞什麼鬼，妳昨天又只說了一半。」

瑪麗安看一看手機顯示的時間。「我想要先去看所有拍攝現場，拜仁你今天和我一起走吧。」瑪麗安飛快地拿起手袋和公事包，和拜仁一起走出辦公室並回到他的座位，差不多是監視著拜仁拿東西。

瑪麗安提出和拜仁一起看拍攝，就是為了配合警方的行動，因為種種環境因素顯示拜仁有很大嫌疑，警方得到法庭許可駭進拜仁的手機。問題是，在獲得的數據中，都沒有看到拜仁有和可疑的人聯繫，所有通話和訊息都可以跟進得到，不是工作上就是和老婆的聯絡。警方甚至調查了手機訊號塔的位置，去推測拜仁到過哪裡，但都一無所獲。

除非拜仁是用另外一支手機。

所以瑪麗安便利用這一天，藉口和拜仁一起看拍攝，如果他是用另外一支手機，她會嘗試弄到手撥號給甘頓，讓他可進行追蹤。

「聽甘頓說，警方掌握到可靠證據，確定犯人藏亞歷的位置，今天就會出動救人。」在車上瑪麗安告訴拜仁。當然那是唬話，目的是向拜仁放餌，引拜仁通知同夥，不過前提是亞歷人還在國內而且安全，不然拜仁一聽便知道是謊言。但是以現在的情況，甘頓和瑪麗安都決定放手一搏。

「那就好，」拜仁一邊手肘擱在車窗旁。「快點捉到犯人救出亞歷，不用再為這種事勞心。」

瑪麗安雖然在駕駛，但是她一直悄悄留意著拜仁，不過他並沒有可疑動作，連滑手機也沒有。

「你覺得拐帶亞歷的會是什麼人？」瑪麗安突然問。雖然她知道盡量不能打草驚蛇，但如果這個世界的拜仁真的是有這個能耐的話，她倒是好奇他又會怎麼說。

「唔……」拜仁沉思著，眼睛盯著窗外。「我不知道，但我總覺得，會是我們意想不到的人。」

＊　＊　＊

下午準備拍攝的時候瑪麗安不得不承認，自己有點心不在焉，她心裡始終放不下剛才拜仁說的話。

「會是我們意想不到的人。」

拜仁為什麼會這樣說？意想不到的人是指他自己？

瑪麗安一直在留意著拜仁的動靜，他每動一下也讓她所有的神經綳緊起來。他是不是拿手機？是他平日用的手機、還是他們懷疑的那另一支手機？瑪麗安甚至想過，拜仁會不會學電影那樣，暗中敲打摩斯密碼通知對方。

可是拜仁沒有任何可疑舉動。

瑪麗安納悶，難到真的不是拜仁？可是誰可以拿到我的訪客卡？公司裡的其他人？最後一天的拍攝，就在這樣的忐忑不安和疑惑中完成，警方沒有「出動」救出亞歷和逮捕犯人，拜仁也沒有「露出馬腳」。

在安裝好拍攝睡覺的鏡頭後，瑪麗安正準備離開，卻意想不到地接到甘頓的電話。

「有些事想妳應該可以幫忙，妳可以過來局裡嗎？」甘頓的聲音有點急，難道他發現了什麼？還是想要瑪麗安去交代剛才監視拜仁的過程？

瑪麗安一到達，甘頓便帶她到其中一個座位，那裡有個和甘頓差不多年紀的人，正對著桌上三個電腦屏幕。甘頓拉了把椅子給瑪麗安。

「瑪麗安，妳的第一直覺是對的。」甘頓說。

「什麼……拜仁什麼也沒做……」瑪麗安還沒搞清楚是怎麼回事。

「不是拜仁，是莉娜。」甘頓向電腦前的男孩示意。「當妳明明向拜仁放餌，但他還是沒有行動，我就懷疑，會不會拜仁真的不是犯人，所以我回到原點，妳一開始就懷疑莉娜，有時候真的不得不信女人的直覺。」

「等等……莉娜不是申請了禁制令嗎？你如何跟蹤她？」

這時男孩從電腦叫出了一個檔案夾。「警方雖然不能跟蹤莉娜，但是可以利用已安裝在公眾地方的監視器，我剛才請警方交通部的同僚調動了那些屬於政府監視器的錄像，例如一直在她家的大樓外，觀察她何時離家、何時回來。」

「但是那也只是知道莉娜有沒有離家吧？不能跟蹤，還是不知道她去了哪裡，還是找不到她的『罪證』。如果跟蹤她，根據法庭的禁制令，即使找到證據也是非法搜證，也是入不了罪。」

甘頓笑著指著屏幕，男孩按下播放鍵。「這是三天前的。」

影片看來是在交通燈上的監視器，鏡頭對著一個十字路口。甘頓在畫面外的右上角用手指輕輕打圈。「這裡是莉娜家大樓的停車場出入口。」

雖然不能直接監視莉娜，但通過道路的監視器，只要她所到之處有安裝監視器，就能掌握她的行蹤。

「這就能大概猜到有可能藏亞歷的地方。」

「那……警方已經有線索了？」瑪麗安問。

「妳先看這裡，差不多了。」這時影片的右上角出現了一輛彩藍色的汽車。

「啊。」瑪麗安看著甘頓點頭。那是莉娜的車。「她去了哪裡？」

「很有趣，妳要不要猜猜？」

「甘頓，這個時候不要開玩笑了。」

「這三天裡，莉娜都會去這個大型購物中心。」說著甘頓示意男孩打開另一個影像檔，是停車場入口的監視器，從記錄的時間看來，莉娜一離家就直接開車去了購物中心。「但問題就在這裡，莉娜每天都在那裡逛一整天，晚上才離開。」

「但莉娜為什麼這樣……是要每天逛街來解悶嗎？」瑪麗安盯著畫面。「她和先生離婚，之前又因為孩子被帶走，但她不是會在這種時候每天逛街抒壓的人。」

「本來我也有這樣想過，但不要忘記這是莉娜，最有可能拐帶亞歷的嫌疑人。」甘頓用指頭敲一下畫面。「為什麼要這樣特地開車從她家到購物中心？」

瑪麗安想了一下。「因為她要製造她整天都在購物中心的假象。她有想到監視器會暴露她的行蹤，所以她故意利用購物中心作『中轉站』。先開車停在那裡，再從那裡去別處，然後回到購物中心，再開車回家。所以她是去了藏亞歷的地點？那警方找到了嗎？」

「可惜，還沒有。我們看了這三天購物中心出入口的錄像，在莉娜的車進出停車場之間的時間，都沒有看到她出來。」

「所以她是真的在逛購物中心？」瑪麗安有點泄氣。每次以為有線索時，又立刻碰壁。

「妳記得亞歷出現在設施時那輛白色車子嗎？」甘頓一臉得意的笑。

「啊！」

「這次我們比對了在莉娜的車進出之間離開和進入停車場的車，有一輛白色的轎車，三天都在同一天離開又再回來。車牌是一樣，但剛確認了，是假車牌，而且在購物中心停的是月租車位。」

「一般到購物中心的客人，只會是先進後出，先出後進，太奇怪了。大概因此租了月租車位，停過夜也不會有麻煩。」瑪麗安調整一下坐姿。「既然知道是哪一輛車，那從道路監視器追蹤不就知道她去了哪裡？」

「小姐，我們不是超級英雄啊。」另外那男生終於開口，並白了瑪麗安一眼。「一個下午的時間，只能做到這個程度。」

「啊，對不起。」

「其實已經算很有突破，瑪麗安只是不理解箇中複雜的地方。」甘頓竟然在打圓場。「這正是我們現在在做的，希望透過監視器，追蹤那車究竟去了哪裡。而現在是關鍵時刻，因為，」甘頓對瑪麗安打了個眼色。「我們會拍到坐在大腿上的照片。」

「什麼大腿？」男孩一臉不解。

瑪麗安噗地笑了，甘頓記得自己說過的話。「那是怎樣的程度啊？」

甘頓的表情突然變得嚴肅起來。「妳來時我們正在看今天的錄像，莉娜用的那白色車子，傍晚時離開了購物中心但還沒有回來。」

瑪麗安輕輕倒抽一口氣，因為她立刻便明白甘頓的意思，這表示，莉娜很有可能還在藏亞歷的地方。

「這是今天下午三點左右，莉娜的彩藍色汽車駛進停車場的時候。」

「三點……咦？」

「什麼事？」甘頓問。

「呃，不好意思，可不可以調動昨天的？」瑪麗安說著，她隱隱覺得有點事不對勁，但她想先確認。「今天是平日，購物中心晚上十點打烊，如果是要看亞歷的話，扣除行車時間，中間就只有幾個鐘頭，如果是莉娜，她會想和亞歷相處久一點吧……」

前一天的監視器拍到，莉娜的車早上十一點進入停車場，而那假車牌的白色轎車則是十一點十五分左右離開停車場。

「你們看，前一天莉娜一入一出相距只有十五分鐘，大概她進購物中心內先繞一圈，也許還故意給購物中心內的監視器拍到，證明自己真的是去了那裡。可是今天除了比平日晚出門外她卻花了差不多一個小時……」

甘頓瞪大了眼睛，立刻抓起手機撥了通電話。「立刻叫人回去購物中心內，調查莉娜在裡面做了什麼！對，看監視器的影片發現有疑點！她在裡面一個鐘頭……」

「我們看了附近的監視器，證實她上了一號高速公路。」男孩在鍵盤上敲著，調動出高速公路的鳥瞰畫面。「這輛。」

一號高速公路……瑪麗安的不安感在心裡擴大，但她不敢說出來。在她心裡，她仍抱著自己可能猜錯的一絲希望。

「之後在486號出口下了高速公路，不過因為是郊區，並沒有那麼多監視器，所以在這裡就跟丟了。」

「瑪麗安，妳有什麼想法？這個地方，莉娜會去哪裡？瑪……麗安？妳怎麼了？」甘頓轉過頭問瑪麗安，卻看到她臉色十分難看。

瑪麗安深呼吸。「我知道。486號出口，莉娜會去的地方，只有一個……」

甘頓手機的鈴聲打斷了瑪麗安，他接電話時按了免提擴音器。

「甘頓，我們查到，莉娜買了個行李箱。」對方說。

行李箱？

「多大的行李箱？」瑪麗安忍不住搶先問。

「……大型那種，乘飛機一定要寄艙那種……店員說她看了很久，在中型和大型間拿不定主意，又看了很多個不同的款式，好像很在意行李箱關上時夠不夠密封……」

「難道她想出國？」

行李箱……

難道……

瑪麗安想喊出來但是喊不出聲，大概是衝擊太大，她甚至感到四肢僵硬不聽使喚，而且全身不停冒汗，更有點呼吸困難，她知道這是突發恐慌症發作的症狀，雖然她從來沒有過恐慌症。

「瑪麗安！妳先冷靜，深呼吸，慢……慢的……好……」發現了瑪麗安不妥，甘頓連忙安撫著她，同一時間那名男孩跑出去找人幫忙。

「快……莉娜……」

「不要急，慢慢來……繼續調整好呼吸……」

「走……我們……快去……」

買了行李箱，帶到了「那裡」，在這個天已經黑了的時間還沒有回來，只能是……

瑪麗安緊緊捉著甘頓的雙手，用近乎乞求的目光看著他。「為什麼你們每個人都看不到的啊？行李箱是用來、用來……」

在原來的世界，這可是電影電視影集常有的情節啊！

「甘頓！莉娜在我的別墅，那裡就是藏亞歷的地點！」

所有人，包括甘頓手機另一端那個人，都不約而同的輕聲驚呼。甘頓一邊把手機遞給瑪麗安：「告訴他別墅的地址，要求增援。」而他另一隻手則抓住瑪麗安的手腕，兩人一起衝警局到外面的停車場。

「開我的車，快點。」瑪麗安把跑車車匙交給甘頓。

在車上瑪麗安一邊重重的呼吸，一邊叫自己放鬆，但總好像還是有種胸口被什麼壓著、呼吸困難的感覺。

她心裡懇懇地禱告，希望事情並不是她想的，希望什麼還沒有發生，希望還來得及。

瑪麗安的別墅距離市區差不多四十分鐘車程，即使甘頓已拿了警號燈，暢通無阻的駕著跑車在高速公路飛馳，也用了二十五分鐘。他們到達時，地區警局已經先派人到了現場。

「天呀……」瑪麗安緩緩下車，別墅前的空地，現在停著好幾輛警車和救護車，交替閃著的警號燈，紅色藍色白色……讓這本來晚上沒半點燈光的度假小鎮，變得像夜店一樣令人目眩。

瑪麗安很快便發現圍著別墅的黃色膠帶，這裡已經被警方列為罪案現場。

「瑪麗安，這邊！」甘頓對瑪麗安揮手，瑪麗安跑過去，看到在他旁邊有個警員坐在地上。

「比利和他的同僚阿森是第一個到達的人。」甘頓指一指在不遠處，正在和救護員談話的另一位警員。

瑪麗安看著這名叫比利的年輕人，雖然他有著警察的健碩身型，但現在的他神情呆滯，臉色慘白。

「我……」他終於開口，但顫著的聲音微弱得令聽的人也感到一絲涼意。「我們接到警局無線電台消息，說在這個地址有失蹤的男孩，因為我們的車離這裡最近，所以我們便來了。我們見到屋子二樓房間亮了燈，便先按門鈴又喊了幾聲，可是都沒有動靜。由於上頭說裡面可能發生緊急狀況，而且說有屋主准許進入，因為正門上了鎖，我們便繞到後面，希望看看能不能從屋子到後院的玻璃門，看到裡面的情況。」

「廚房沒有亮燈，我們用手電筒從外面看，看不到樓下有人，我們敲了玻璃門再喊話還是沒有回應，於是我們決定打破玻璃門進入。」另一位警員阿森走過來。「我們從廚房那邊進屋，一進去便聞到像是漂白水的氣味，我們小心地經過飯廳和客廳，都沒見到半個人影……」

「啊，經過客廳時，我有一刻以為有人在那裡，因為壁爐有燒焦的氣味。」

瑪麗安看到甘頓在他的小筆記本上記下什麼，應該是提醒自己要查壁爐。「那之後呢？」

「我們沿著樓梯走上二樓……看到，看到主人房那邊亮著燈。」

「不過我們走到過去才知，那是主人房內浴室的燈光。」比利說。「然後……在那裡……」

「有個女人全身赤裸蹲在淋浴間裡，大概因此才聽不到我們在樓下喊。因為她背對著我們，我們只好準備拔了槍預備……」

「我們表明警察的身分，並命令她舉起手轉身過來。」比利的聲音越來越小。

「她……好像是被我們嚇了一跳，我聽到她把手中的東西丟在地上，從那聲音聽來應該是刀子之類。然後，然後……那是……」比利突然跑到一角嘔吐。

「他真不夠走運，這種地方很少會有什麼案件，又會剛巧我們的車最近，還要是這個程度……」

「什麼意思？」瑪麗安嘴上這樣問，但其實她已經猜到，別墅的淋浴間在天花板中心安裝了大蓮蓬頭，所以淋浴間牆壁是一整面玻璃的設計，而裡面大得可以輕鬆的站四個人。

胸口被壓著的感覺又來了，她按著胸口，盡力不動聲色地調整著呼吸。

「那女人轉過身來時，她身上……渾身都是血……」阿森說著嘆了口氣，他應該也不是很有這方面的經驗，反而像是在強裝鎮定。

這時有兩道身影從別墅正門出來，一名女警押著一個穿著浴袍和拖鞋的女人——是莉娜。

本來想跑過去的瑪麗安停了下來，剛好和莉娜的目光對上了。

——那是什麼眼神?!

莉娜看到瑪麗安的一刻，就好像見到鬼一樣。她沒有說話，只是瞪著瑪麗安。

可是她的眼神灰暗，那是瑪麗安未見過的眼神，像是被打倒而且已經放棄了的沮喪眼神。

瑪麗安認識了莉娜那麼久，都沒見過她這種絕望的樣子。

莉娜應該是被扣上了手銬，但外面裹著毛巾。瑪麗安認得莉娜身上的浴袍是她別墅裡的東西，長度剛好到莉娜的膝蓋。在莉娜被押上警車的一刻，瑪麗安留意到，莉娜小腿和腳踝都沾了血跡，大概因為是證據而不讓她洗。驟眼看來，會以為她穿了深紅色帶花紋的絲襪。

「那些血……」甘頓看著正要駛離的警車。「不像是莉娜的。」

「嗯……當我走過去時，看見在淋浴間內有一具小孩的屍體，小孩也是全身赤裸，是男孩……」

「在淋浴間的地上，是一把染血的菜刀。」比利抹著嘴角回來，臉比剛才更慘白。

瑪麗安感到呼吸越來越困難，她開始大口大口的吸氣，並緊緊捉著甘頓。

「在那裡的小男孩，頭被砍了下來……」在瑪麗安暈倒前，聽到比利說的。那一刻，在瑪麗安腦海出現的，是亞歷沒有血色、沒有生命、雙眼緊緊閉著的……頭顱。

17

「哇，」雖然已經想像得到它的樣子，但莉娜到達時還是不禁發出讚嘆。「很美的別墅。」

「謝謝。」瑪麗安邊說邊把車尾行李箱的旅行包拿出來，另一隻手則拿起兩瓶酒。莉娜連忙替瑪麗安關後車廂。

兩個女人一起邊喝酒邊做晚餐的義大利麵和沙拉，打打鬧鬧的弄了兩個小時，就好像兩個高中女生的過夜派對。

「偶爾這樣撇下男人也不錯。」晚餐後莉娜和瑪麗安坐在後院平台喝著香檳。「瑪麗安，我很喜歡妳這個別墅，離市中心又不是太遠，景色又美。啊，我可以一直坐在這裡。」

「不要忘了，這是公司股東、也就是我和妳的避靜會。明天要好好工作啊。休息的話，下次和老公來吧。」瑪麗安為莉娜的酒杯添酒。「公司算是上了軌道，忙歸忙，和老公輕鬆一下也是需要的。如果妳想的話，什麼時候來告訴我，我給妳備用訪客鑰匙，隨便用。」

「包不包括主人房和裡面的淋浴間？」莉娜啜了口香檳。「那個蓮蓬頭，簡直就像水療美容院。」

「當然，不過妳和老公在裡面玩得太激烈之後要給我把淋浴間好好沖洗乾淨。」瑪麗安笑著。

「那個蓮蓬頭，即使我在裡面分屍也洗得一乾二淨啦，那我先謝了。」

「我和妳不用那樣客氣。」兩人輕輕碰杯，再把香檳一飲而盡。

***

當甘頓走進病房的時候，警方剛剛向瑪麗安問完話。因為甘頓和瑪麗安算有交情，為了避嫌，問話交由其他刑警負責。

「妳覺得怎樣？」甘頓坐到床邊。「通知了妳先生沒有？」

「嗯，好多了，不過醫生建議留院一晚。洛姆今晚要在設施當值，我叫他不用來。」

「啊，嗯。」

兩人都沒有再說話。

「亞歷？」還是瑪麗安先開口。

「嗯。」甘頓說。「DNA確認了。」

瑪麗安嘆著氣把臉埋在掌中。「那別墅呢？」

甘頓搖搖頭。「鑑識科初步看過，說別墅有被清理過，如比利他們所說，一進去便聞到很重的漂白水味道。沒有找到小孩在那裡生活過的痕跡。但我們還沒有放棄，他們在壁爐發現了些灰燼和還沒燒完的東西，那可能會找到什麼線索。」

所以……莉娜在分屍前，先把別墅清理好？是因為她殺了亞歷，所以要清理現場？可是有一點瑪麗安不明白？別墅是瑪麗安的，如果莉娜在別墅內殺了亞歷，為什麼還要那麼大費周章買行李箱去棄屍？乾脆把屍體留在別墅內就可以了。即使屍體被發現，最大嫌疑的就是別墅的主人瑪麗安，而且她又是「輝夜姬計畫」的負責人。所以警方也即時向瑪麗安問話，不過因為幾宗案件發生時她有不在場證明，暫時可以擺脫嫌疑，刑警的問題也環繞著莉娜是何時和怎樣拿到別墅的鑰匙，還有莉娜有什麼方法可以解除別墅的保全系統。

別墅正門的鎖頭是一種特製的鎖，為了方便其他人來打掃和維修，這種鎖可以設定給訪客用的特別鑰匙，過後只要重設鎖頭，即使對方不交還鑰匙也開不了鎖，那就不用更換鎖頭。以前夏天時瑪麗安常把別墅借給莉娜兩夫婦，以當時她們相熟的程度，瑪麗安也沒有特別在意重設鎖頭和保全系統的密碼。莉娜竟然想到利用瑪麗安的別墅來安置亞歷，果然真是「最危險的地方就是最安全的地方」。

最令瑪麗安不解的，是莉娜為什麼要殺亞歷。

不論是在原來的世界，還是在這裡，莉娜都是一個母愛氾濫的女人。在這個時空，莉娜為了反擊國養法，和政府打官司，為自己爭取養育自己孩子的權利。這樣的一個女人，竟然會殺人分屍？

這一晚，瑪麗安輾轉難眠。

我究竟幹了什麼？

她問自己。是自己太自信了？在知道亞歷被拐後，就應該終止「輝夜姬計畫」，協助警方全力搜尋。一早就應該監視莉娜，那就會早點發現她把亞歷藏在自己的別墅。沒有硬要進行第二階段，就不會發生那麼多事。

雖然她知道，在決定進行第二階段時，莉娜還不是主要嫌疑人；而且，還沒有解開她怎能拿到訪客卡。

然而更讓瑪麗安難堪的，是此刻佔據著她腦中的，全是要建議警方和國養部怎樣向外界公佈亞歷的事——首先要通知參加的夫婦，特別是亨利和德莉絲，確保他們所有人不會對外亂說話，要想想公佈的形式和地點、由誰來公佈，還有要弄清楚逮捕莉娜時的情況，萬一有拍到屍體的照片，絕對不能流出……在原來的世界，媒體對小孩屍體照片這方面還有公認的道德規範，但在這個世界，瑪麗安不敢隨便肯定，這一切要盡快進行，拖越久不對公眾交代越不利。

我究竟在幹什麼？

第二天一早瑪麗安便去了找醫生檢查，證明沒有大礙後便請醫生批准出院，因為她已安排了出席中午在國養部的會議。

前一晚已經命人把車開來醫院，瑪麗安駕車回家途中，經過她遇襲的公園。就是這條公路，在原來的世界，那天她就是為了躲避嬰兒車而發生意外撞進旁邊的商店。一切……完全因為自己受不了原來世界那些父母。那一刻，如果自己沒有踏下油門……

如果……如果再撞一次，會不會回到原來的世界？

在瑪麗安想的同時，她的腳已經緩緩地把油門往下踏，伴隨來的是引擎的低吟。

我沒有想過在這個世界會害死一個孩子……

指示車速的指針爬升著，右腳也越踏越低，引擎的聲音也越來越大。

一直以來，我只是想把事情做好，在這裡大家無小孩的責任和牽掛，大家都付出全力不是很好嗎？沒有父母經濟能力性格的差異，小孩在最專業的照顧下成長，不才是給小孩最好的嗎？

這次和上次一樣開車撞，會不會可以回去原來的世界？瑪麗安想。乾脆回去好了，撇下這個世界，撇下這個世界的種種無聊的荒謬，回去原來的世界，那裡還是有洛姆，有不會善妒的拜仁，有不是殺人嫌犯的莉娜。

瑪麗安突然踩下煞車。

回到原來的世界……那甘頓呢？

可以確保回去後，還可以遇上甘頓嗎？雖然兩個世界的人際關係好像一樣，但如果回去後不會再見到甘頓的話……自己，捨得嗎？

這時她從後鏡留意到後方有一輛車子正全速駛上來，為了不阻礙別人，瑪麗安把車駛到一邊，讓後面的車先超過自己。

可是後面的車子也跟著慢駛，並停在她後面。

搶劫？在這大白天？瑪麗安警惕起來，當後面的車打開車門時，她拿出手機緊緊握著。

然而後鏡映出正在下車的人的身影，竟然是甘頓。「瑪麗安！妳在這裡做什麼？」

瑪麗安跳下車，她彷彿看到眼前的甘頓，和那個只有一面之緣的小嬰兒重疊。本應該忘記了的，在護士把他抱走前，在痛楚和虛脫間那匆匆一瞥——那渾身沾滿了血和不知是羊水還是汗的小身軀，看不出是金色還是棕色的頭髮，只是那點點濕透了的頭髮像是沾了髮乳般成了個奇怪的髮型，他拚命在哭，雙眼都瞇成一線，看不到他有沒有遺傳了他父親清澈的藍眼睛。

是血緣嗎？骨肉相連的緣分，讓甘頓即使是在這個平行時空，在這個時刻，他還是找到了瑪麗安？

瑪麗安跑過去，甘頓細緻的臉，那一看便讓人不能再移開的藍眼睛，一直以來，瑪麗安都在迴避看甘頓的眼，但現在看著他的藍眼珠，彷彿被吸了進去的瑪麗安，再分不清那是甘頓還是路易，她緊緊的摟著他。

「瑪……瑪麗安？」甘頓顯然被瑪麗安突如其來的舉動嚇到，但他還是輕輕地把手按在她背上。

這不是愛情，瑪麗安告訴自己。對眼前這個人，理性告訴她，他的能力不是最頂尖的，但在她的眼中，他就是一個耀目的存在。她覺得他處事果斷，他們像是天衣無縫的調查夥伴，在自己軟弱時他又可以是一個溫柔的懷抱。但如果他不是自己的兒子，那她現在的情感是什麼？

「瑪麗安！」前面傳來熟悉的聲音，那不是甘頓，因為甘頓就在自己耳邊，可是那聲音卻是有點距離的。

瑪麗安抬起頭，洛姆的身影越來越近。他的表情很僵硬，臉有點脹紅，但他還是保持著紳士般的步伐。「醫生告訴我妳要求出院……」

「洛姆……」這個男人還是找到了自己，只是比甘頓遲了一點點。

對，甘頓的確比洛姆早在瑪麗安的生命中出現。但如果，甘頓不是瑪麗安的兒子呢？

這不是愛情，這不是愛情，這不是愛情？

「呃，瑪麗安。」甘頓放開瑪麗安並退後幾步，讓瑪麗安走到洛姆面前。

「瑪麗安。」洛姆輕撫著瑪麗安的手臂，可是瑪麗安感到他在抖。「沒事的，我在。我先回設施，有什麼事打電話給我。」說著他親了瑪麗安的額。

「妳等一下是要去國養部開會吧？」看著洛姆的車離開，甘頓問瑪麗安。

「我……先回家梳洗一下。」

「那我跟妳回去，之後妳坐我車去國養部，妳不要開車了。」

瑪麗安知道，甘頓以為她想開車自殺。她回到車上掏出手機。想給洛姆發一則短訊，說「相信我」或是「我愛你」，她知道這就是洛姆想要的，但她發不出。

如果她對甘頓的愛惜，只是因為他是自己兒子的話，那她根本也是她在原來的世界看不起的、那種母愛大過天的女人；如果那是別的情感的話，那她也是她看不起的、那種被年輕男孩勾引的老太婆。

她收回手機，重重的呼了口氣後，發動了引擎駛回家。

回家洗把臉後，瑪麗安和在樓下等她的甘頓會合，由他開車到國養部，轄區刑警、奧雲和其他幾名政府官員已經在等著。每個人的臉色都很難看，瑪麗安知道不能像上次一樣邊想邊胡扯，她已決定在官員發出漫無目的的責罵前，先連珠發炮地說出接下來的對策來轉移焦點。

「轄區警方剛拿到驗屍報告不是嗎？」沒想到在她有機會說話前，甘頓便先用驗屍報告抓住所有人的注意。

「啊，對，這是我剛在法醫拿到的驗屍報告，還有解剖的照片，先說一下，接下來的影像可能會讓人覺得不舒服。」轄區兇殺組刑警把平板電腦接上會議室的屏幕。因為亞歷死了，本來協助綁架調查的ＦＢＩ已經可以說是沒有他們的事，往後就變成是轄區兇殺組的調查，不過因為在綁架案上的參與，甘頓被要求留下來提供協助。

當影像出現在屏幕上時，所有人立刻輕聲抽了口氣，因為映出來的是亞歷屍體被解剖前在現場的照片。

不，正確來說，那是「屍塊」的照片。在淋浴間內，血泊中的屍塊。

「為什麼這樣的？」瑪麗安呆住了，因為她沒想過，亞歷的屍體會是這個樣子。她看著甘頓，甘頓彷彿感到她的視線，整個人也拘謹起來。

「呃，就如照片看到，屍體的頭是被砍了下來的，用的是在淋浴間的菜刀，法醫也確定切口吻合。不過據法醫說，死亡時間是前天下午，所以死者是死後才被砍頭的，並不是死於被斬首。還有大家可以看看這裡。」刑警指著照片中在屍體身軀旁邊的一塊血肉模糊的東西。

「這裡有一小截已經被嚴重損毀的人體部分。經法醫檢驗後，相信是死者的頸項，被嚴重破壞的肌肉組織還連著頸骨。而屍體身上，包括臉孔，有多處不明的傷痕，如圖所見就像是用刀子在皮膚上亂劃，有些甚至是在同一個地方劃了多下。可以說，死者身上沒一處完好的皮膚，不過這些傷痕也是死後才做成的。法醫根據屍體其他特徵，推斷死者是死於窒息。根據當時兇手被警方發現的情況，明顯正在淋浴間分屍。」

瑪麗安越聽越心寒，為什麼莉娜要這樣做？死後過了一天才這樣破壞屍體有什麼意義？

「砍頭……連頸項也分別砍了下來，為什麼要這樣做？」奧雲說著。

「警方也有同感，」刑警立刻回應。「初步估計，兇手是為了掩飾行兇時用的兇器，例如兇手用了某種細繩，假設我們不是逮著莉娜，而是一段日子後，在某處發現了屍體，法醫可以從頸上的傷痕推斷出兇器，並有機會大大收窄兇手的範圍。砍下頸項的原因，應該是方便進行特別破壞，而事實上只有頸項有那種程度的破壞。」

「那屍體身上的傷痕呢？」

「可能也是和掩飾兇手身分有關吧……現在還只是在理論階段。」甘頓認真地說著，瑪麗安覺得，這陣子下來甘頓成熟了不少，已經不是第一次見面時那討人厭的小子。

「好了，亞歷的死我們也很難過，」另一名國養部的官員插嘴。「已經逮捕了莉娜，之後的事警方和檢察官那邊會做事。我們這邊要想的是，『輝夜姬計畫』接下來要怎麼辦？還有要怎樣對公眾交代？」

不對，瑪麗安輕輕把平板電腦的觸控筆在桌上敲，既不能太用力，但不這樣做她的心好像靜不下來。

——莉娜有同夥。

國養部說得好像事件已經告一段落，但還沒有抓出莉娜的同夥。第二階段時莉娜沒有接近過設施，在找出全部的真相之前，所有對外的公佈都要很小心。

問題是，在第二階段的時候上演亞歷出現的一幕，目的是什麼？為什麼要殺亞歷，還要用那麼殘忍的手段毀屍？

「瑪麗安？」甘頓輕輕推了瑪麗安一下，她才發現全部的人都在看著她。

「我在問，關於『輝夜姬計畫』的後續妳有什麼打算？」國養部的官員問。

「啊，其實真人秀的三階段已經拍攝完畢，現在只要進行後期製作，有可能會找參加的夫婦再補拍一些鏡頭。我們會繼續影片的製作，但鑒於現在的情況，並不會馬上推出，而是會先看看事情的發展，先做一些對策去好好利用當時的情況，再配合影片的發佈。」

「在警方的立場，由於還沒有掌握全盤事實，所以我們暫時並不會公佈亞歷遇害的事，不過瑪麗安會私底下通知亨利和德莉絲，但是會要他們保密。」

「同意，現階段還不能排除恐怖分子涉案的可能，所以我仍會做為ＦＢＩ代表在這裡協助調查。」甘頓說。雖然瑪麗安不肯定這是他真正的目的，還是他怕自己還會再自殺。

「我們的建議是，」瑪麗安說。「警方只公佈拘捕一名涉嫌殺人的女子，並不需要交代太多，而我們會私底下和媒體溝通，希望暫時不要大肆報導。非主流媒體可能比較麻煩，但大部分我們在裡面都有交情不錯的人，必要時可能要用一些藝人八卦交換。」

「如果我的理解正確的話，」奧雲說。「『輝夜姬計畫』的執行一直都是瑪麗安那邊負責的，而案件的調查是警方的事，雖然我不想這樣說，但是現階段可說是沒有國養部的事？」

「暫時是，」甘頓說。「不過未來可能會調查一些有關設施和國養部的資料，到時候希望各位能配合。」

「以防萬一，請發內部通告，說有任何問題請聯絡我們。」瑪麗安說。

這時官員們已經陸續站起來。「很好，有什麼最新消息請第一時間通知我們，如果需要我們介入的話也請告訴我們。」

奧雲是最後離開會議室的，臨走前他對瑪麗安說：「瑪麗安，我希望妳記得，『輝夜姬計畫』的目的，但我也不希望國養部牽扯到不必要的負面形象。」

「……一定。」瑪麗安和奧雲握手，但是她心裡覺得很不舒服。現在死了一個小孩，但是大家都好像不當一回事似的，只是關心真人秀的後續，或是案件的調查，和國養部的形象。

「啊，還有，」這次奧雲轉向甘頓。「請盡快釐清一切事情，保險公司在等警方的報告。」

那是認真的嗎？在這個世界，設施裡的小孩，和牛棚雞棚裡的沒兩樣，是國家這個飼養人的「資產」，財產被盜被宰最重要的是申報保險理賠。

「莉娜不會是殺人兇手。」其他人離開後，剩下瑪麗安和甘頓時，她喃喃說著。

「為什麼妳那麼肯定？」甘頓對瑪麗安對莉娜的信任覺得奇怪。「妳之前不是認定她是拐帶亞歷的人嗎？」

「那是兩回事！」瑪麗安舉起手。「事實是她是拐帶亞歷的人，但她一定不是殺死亞歷的兇手。我肯定，背後一定有什麼不為人知的事。」

「是什麼讓妳這樣肯定？」甘頓看著瑪麗安。「妳也知道，無論是多微小的事情……」

「我不知道，但我就是相信她啊。」瑪麗安知道，在這個世界，只剩下她會這樣相信莉娜，也就是，只有她能幫她。

18

回家的路上，德莉絲和亨利沒說過半句話。

那個負責「輝夜姬計畫」的公關瑪麗安突然約他們上她的公司，說有重要的事對他們說。本來他們以為已經找到亞歷，但如果是好消息的話，應該會第一時間就在電話裡告訴他們。所以他們以為，是製作組決定把他們剔除出真人秀。

可是沒想到是更壞的消息。

一聽到亞歷的屍體被發現，亨利已經控制不住眼淚，德莉絲緊緊握著他的手，她怕他崩潰。

「由於警方還在調查當中，所以不會對媒體公佈太多，但我不希望你們從媒體那邊知道，所以想親自告訴你們，不過請你們能保密，不要對媒體說，一切讓我們統一作官方公佈。」

「他……是怎樣死的？」德莉絲問。亨利立刻白了她一眼。「怎麼了？我們想知道也很正常吧？」德莉絲稍微壓低聲音。

「很遺憾，現階段還在調查當中。」瑪麗安只能說那麼多，德莉絲看出她承受了不少壓力。

回到家，亨利癱坐在沙發上。德莉絲從後摟著他，她吻他的頸，他的耳垂……

「不要。」亨利推開德莉絲。

「不好嗎？」德莉絲嘆氣。「亞歷死了，但我們可以生個孩子來代替啊。」

亨利站起來。「妳怎可以這樣說？」

德莉絲不理解，為什麼亨利現在用這種眼神看她。死了一個孩子，他們再生一個，有什麼問題？他們這是在履行公民責任不是嗎？亨利是怎麼回事？

亨利整個人都沒有了幹勁，他走進房間，低著頭看存在手機中亞歷的照片，就是那天在音樂會上拍的。

為什麼？為什麼非亞歷不可？德莉絲並不明白。為什麼亨利可以對這個「兒子」有這樣的感情？

我們不要生孩子了，德莉絲握緊著拳頭想著。如果不是參加了這個鬼真人秀，亨利就不會這樣，政府還說將來讓夫婦照顧小孩？不要開玩笑了，孩子這種只會羈絆著情感，一點好處也沒有的事，我們兩夫婦並不需要。

19

「鑑識科的報告出來了，在別墅壁爐中找到的，是網路超市的送貨單據，我們調查了，是用莉娜的信用卡買的，有麵包、冷凍披薩、牛奶、果仁巧克力、果汁糖、奶油餅乾等等，都是食物，莉娜利用網購送到別墅的。」甘頓說著那購物平台的名字。瑪麗安從局中接了甘頓，說要帶他去一個地方，他順便告訴她調查進度。「說來真巧，購買日期剛好是瑪麗安妳遇襲那天。」

「誒？不是專賣有機食物的那個網站嗎？」瑪麗安邊駕駛邊問。「我記得莉娜喜歡在那裡買食品。你說那個平台是全國最大的，我平日也是用那個。」

「嗯，我也有帳號，不過奇怪的是，莉娜那個帳號，是不久前才開通的……」甘頓滑著手機中的筆記。

「改變口味嗎……」

「還有，針對莉娜從購物中心開到別墅的那輛車，雖然車牌和第二階段那天監視器拍到的不同，但鑑識報告出來了，後座那裡，發現屬於亞歷的頭髮和一些草皮用的營養劑。」

「我不明白。」

「妳記得那天亞歷在設施外的草地上跑嗎？」

對，亞歷突然出現在外面的草地上，先是小心翼翼地在踏步，之後越走越快，在他跑了不久後，那個穿著連帽外衣戴著口罩的人，從後抱起亞歷並把他帶上那輛停在閘門外的白色車子絕塵而去。

「亞歷的身上，沾有草皮用的營養劑，然後再轉到車上。」

「只是草皮用的營養劑，哪裡都可能沾到啊。」

「那是專業園藝用的，一般零售點沒有售賣，而且那是特別的配方，不會對人有害，所以是設施草地專用營養劑。」

「那可以是任何一個設施啊。」

「因為現在是園藝的季節，設施開始進行草地的保養，警方比對過負責園藝公司的時間表，在第二階段那週，我們整個郡只有五個設施灑了營養劑，而因為亞歷的事件之後，國養部為了安全考量押後了全都設施的保養，下星期才重新開始。」

所以莉娜用的那白色車子，裡面沾到的，只能是從那五個設施來的。

「警方調查過其他四個設施，在灑了營養劑後那兩天，並沒有可疑的白色車子出現過。」

「所以只能是亞歷的設施……好的，那莉娜用的車和當天拐走亞歷的是同一輛車。」瑪麗安笑。「到了。」

這時瑪麗安把跑車俐落地駛進停車場，輪胎輾著地上石子吱吱作響。

瑪麗安帶甘頓來到像是二手車店和修車場的地方，戶外的停車場停著好幾輛沒有車牌的車子。

「我們來這裡做什麼？」甘頓透過擋風玻璃查看車場四周。

「莉娜用的另外那輛車兩個車牌都是假的不是嗎？」

「是啊，那樣常見的白色轎車，車牌真正的車主找到了，但並不是同一部車，車主沒有嫌疑，線索就這樣斷了。」甘頓有點泄氣。

「你問我叫你來做什麼，」瑪麗安笑著。「要調查車子，就是這裡。」

「還以為妳有什麼特別通路，我們早早調查過汽車仲介，但是都沒有……」

「他們才不會告訴警察。」瑪麗安走向改裝成辦公室的貨櫃。「要做個假車牌不難，但要找一輛『乾淨』的車並不容易。」

「『乾淨』是指不容易被追查到。坊間當然有不少車行和買賣二手車的仲介，可是大都只從事正當生意，所有交易記錄得清清楚楚。

「阿辰有能力把一般人認為不能修的車子，用一個便宜的價錢修好，所以很多廢車來到這裡，都沒有被拆散變賣零件，或是當成廢鐵回收，而是被修好賣到國外或是有『特殊用途』。因為車子已經報廢，警方追查起來便沒那麼容易。」這時瑪麗安露出意義深遠的微笑。「但是正因為會做這種事的人少，懂得門路的人反而更容易知道往哪裡找。」

「那如果是那麼秘密的行動，連車子這個細節也顧及到，那為什麼這個阿辰會願意向妳提供消息？」

「因為他欠我一個人情。」瑪麗安說著。其實她也只是賭一鋪，因為她不知道在這個世界他還是不是欠她人情，不過車場在，如果他還活著的話，那一切應該和另一個世界一樣。只是她想不到，竟然會在這種情況下「動用」了這張人情牌。

「他可能欠妳人情，但是他人不在。」甘頓推推拉拉大門，上了鎖，裡面也是漆黑一片。

「奇怪，」瑪麗安打電話給阿辰。「這小子年中無休，吃拉睡也是在這裡的。」

「瑪麗安，是妳喲！」隔壁開店的汽車經紀人聽到聲音走過來。「阿辰出國了。」

「出國？我從來沒聽過他會休假的。何時的事？去了哪裡？打他手機又不接。」瑪麗安難掩她的震驚。

「唔……兩、三個禮拜前吧，他沒有說要去哪，只是說月底會回來。瑪麗安妳有要事找他？」

「沒有，我只是想託阿辰找一輛車拍電影。如果他不在，恐怕他接不到這生意了。」

「不尋常。」確定經紀人離去後，瑪麗安小聲說。「阿辰多年來都不出國，而且現在連電話都不接，好像是特地避風頭似的。」

「大概是莉娜叫他走？」

瑪麗安冷笑。「你不認識阿辰，不是等閒之輩可以弄得動他，莉娜和他沒那個交情，要不是他欠我人情，我也不敢來向他套取情報。」

有能耐支開阿辰，讓他消失一陣子，莉娜這個同夥究竟是誰？自己認識阿辰那麼多年，雖說這是平行時空，可是觀乎目前為止她的人際關係，除了沒有了父母層關係外，並沒有很大的變化，所以除了親人外，阿辰認識的人應該也和原來的世界差不多，而且她早就知道，阿辰並沒有什麼親人。

「喂？是我。」在瑪麗安思考的同時，甘頓已經在打電話。「我想要調動電話通聯紀錄。電話號碼是……」瑪麗安立刻把手機內阿辰的電話展示給甘頓看。

「通聯紀錄應該很快會到手。」甘頓邊對瑪麗安說邊掛線。

離開時甘頓突然停下腳步。

「怎麼了？」瑪麗安問，可是順著他視線看便立刻明白了。

阿辰隔壁的汽車經紀人在門口安裝了監視器，去阿辰那裡的人都會經過汽車經紀人的門口。甘頓向那經銷商表明ＦＢＩ探員的身分，並問他借監視器的錄像。

「本來我會要你先拿到搜查令的，但既然你是瑪麗安的朋友，你等我一下。」說著他在電腦前花了幾分鐘，然後拿了張他的名片在背面寫了些東西。「你走運了，我不喜歡刪除錄像。我把阿辰走前一個月的錄像放到這個雲端檔案夾，這是密碼。你把檔案下載後告訴我，我就會把檔案移走。」

「謝謝你。」瑪麗安笑著輕拍他的手臂。

「不客氣，名片上有我的聯絡方法。買賣車歡迎找我喲。」他對甘頓眨了眨眼。

「一個月的錄像，要花一點時間，有什麼線索我再通知你。」瑪麗安載甘頓回警局時，他說。「妳……先回去休息一下吧。」

「嗯，我還有一個地方要去。」她很想和甘頓一起看那些錄像，但她只能不讓她的不捨流露在臉上。

瑪麗安去了拘留所。

她想去見莉娜，問個清楚。

已經過了一晚，也許莉娜已經想清楚，沒有警方在場，莉娜可能會願意告訴瑪麗安誰是她的共犯。

「她說不會見妳。」拘留所的警員冷冷的對瑪麗安說。

「妳有沒有告訴她我的名字？是瑪麗安啊。拜託，麻煩你再問一下。」

「小姐，這裡不是飯店前檯。她已經說過不要見妳了。」

「……那，我在這裡等。」

警員沒有理她，由得她坐在那裡。

瑪麗安在那裡等了兩個小時，莉娜還是不肯見她，這時莉娜的律師出現。

「拜託你，我希望能和莉娜見面。」瑪麗安上前攔著他。

「瑪麗安小姐，」律師登記後轉向瑪麗安。「我可以對我的當事人傳達這個訊息，但是做為莉娜的代表律師，而妳則是『輝夜姬計畫』的負責人，我不認為妳們見面會是一個好的提議，我也會這樣對我的當事人說。」

瑪麗安沒有再說下去，她再靜靜地坐下來，她能做的，只有等。

本來她以為律師來只是來辦例行的手續，可是他待了差不多兩個小時。

「我不知道妳和我的當事人之間發生了什麼事。」律師說。「我轉告了妳想見她，但她說如果妳還在的話，請妳回去，她是不會見妳的。」說罷律師便匆匆離開了拘留所。

這時甘頓打電話來。「瑪麗安，我們暫時的調查結果，那個阿辰的手機通聯紀錄，都是一大堆預付卡。那個經銷商的監視錄像，暫時還沒有發現。另外……剛剛接到消息，莉娜認罪了。」

什麼？瑪麗安跑出去，已經不見莉娜律師的身影。

「她說拐帶亞歷、殺死他和破壞屍體都是她一個人策劃和行動的，並沒有同夥。」

瑪麗安很納悶。「不可能，莉娜怎會沒有同夥？沒有同夥，怎能解釋第二階段那天發生的事？」

「……總之，妳先來我的辦公室一趟。」

這個城市是其中一個FBI有辦公室的地方，因為亞歷的案件已經從綁架變成謀殺案，並由轄區的兇殺組接手。雖然甘頓以調查恐怖分子為由繼續和警方交換調查情報，但他已撤出在警局的臨時辦公室而搬回他在FBI的辦公室。

「這是我剛從兇殺組那邊拿到的。」甘頓帶瑪麗安到一間沒有窗戶的小房間，並利用筆電播放警方對莉娜問話時的錄像。「其實我不應該給妳看的。」

影片中莉娜由瑪麗安剛見過的律師陪同，她臉色好憔悴，和那天帶著法庭禁制令時的氣焰判若兩人。那蒼白加上比以前更瘦一點的臉，讓她的眼睛有點像是突出了點。

「一開始我就是打算要殺了那孩子的，為了……為了報復。我不明白，政府大費周章辦真人秀鼓勵人生育，什麼三部曲什麼孩子和『父母』配對，不過卻不讓人自己照顧自己的孩子，簡直就是本末倒置。

「在『輝夜姬計畫』第一階段那天，我在走道的側門外等著，我……是從媒體的朋友中，得到音樂會當天的流程的……不，恕我不能指名是誰，那人也只是給我看從瑪麗安那邊發放的資料而已，當天有去採訪的媒體都會有。因為以前在同一個劇場辦過活動，所以我對那裡的通道出入口都瞭如指掌。

「我打開側門，剛好看到穿著小綿羊戲服的小孩，便決定拐走他。他剛好站在那裡是他不夠走運。我有瑪麗安別墅的鑰匙，把孩子安置在那裡，因為我知道這個季節、加上『輝夜姬計畫』那麼忙，瑪麗安不會去別墅。

「我用了幾天去想，還有沒有其他報復的方法，而那幾天我知道自己在警方的監視下，也不敢輕舉妄動，直到拿到法庭的禁制令後，我才利用在購物中心換車去別墅。在我終於下定決心勒死小孩後，隔天才到購物中心買了行李箱準備棄屍……之後的事你們都知道。

「對，只是殺了他不足以補償我的怨恨。所以我把屍體嚴重破壞……」

「第二階段時帶亞歷出去……？我……呀，離職前我有到過設施開會，那時拿了訪客卡沒有歸還，後來想到可以利用。第二階段那天我是喬裝混進上班的人們離開公寓的，我把弄來的車停在附近，確定沒有被發現後便開車到別墅，接過亞歷後再到設施。」

「有這樣的證詞，加上當時是在莉娜分屍時被逮個正著，」甘頓嘆氣。「警方很可能就此結案。」

「怎麼可以？」瑪麗安本想提高聲音但被甘頓制止。「不是還有很多疑點嗎？她說因為亞歷剛好站在那裡，但是在那裡的小孩證明了，當時她是叫亞歷的名字的。孩子的名字並沒有發放給媒體！如果一開始就想殺亞歷，為什麼還要藏在別墅？為什麼不拐走他後就立刻殺了他？還有訪客卡！時序根本不對！莉娜根本從沒參加過『輝夜姬計畫』，又怎會到設施開過會？太無理了，太多謎團沒有解開，不能就此結案！你做點什麼呀！」

「瑪麗安，妳冷靜點。警方和檢察官那邊的決定，ＦＢＩ管不著的。」甘頓按著瑪麗安雙肩讓她坐下。「他們是要解決那宗兇殺案，並不需要知道全部真相。而且如果莉娜認罪的話，她的律師也不會特意去找疑點替她脫罪。」

「那就這樣讓莉娜當殺人犯嗎？」說完瑪麗安甩開甘頓離開。

瑪麗安回到辦公室，她決定從頭再審視一次，一定是有哪裡遺漏了。只要找到那個缺口，就可以知道真相。

莉娜和案件有關，這是肯定的，只有這樣，她才會駕著同一輛車到別墅。嚴格來說，只有分屍這一環她是做為現行犯被捕的。拐帶和殺害亞歷方面，除了她的自白外都沒有確切的證據。

第二階段的那場騷動，看起來是變態犯人所為，但其實真正的目的，是為莉娜製造不在場證明。

要完成這些犯罪，必然有共犯，共犯拿到瑪麗安登記的訪客卡，在第二階段的時候讓莉娜有不在場證明，讓她能以此拿到禁制令，那之後就可以行動自如去別墅。

但是莉娜的供詞錯漏百出，拐帶事件還說得通，但是一到第二階段的事，她就有點語無倫次，難道……

莉娜真的不知道發生了什麼事，要不就是她要保護她的同夥到底。

究竟是誰？她要保護到那個程度？

這時手機響起，看到來電顯示，瑪麗安不禁皺眉。是她不大喜歡的媒體的記者。

「瑪麗安，是我喲。」還一副裝熟的口吻。

「怎麼啦？」

「關於參與『輝夜姬計畫』那個小孩亞歷，竟然是那種死狀，妳有什麼回應？」

「我不知道你在說什麼。」瑪麗安反射的回答，之後她只能強裝鎮定。為什麼對方會知道亞歷死了？還好像知道他的死狀？警方什麼還沒有公佈。他的消息來源是哪裡？因為不知道對方掌握了多少，瑪麗安只能什麼也不說，避免給對方誘導說了多餘的話。

「瑪麗安，少來了。」

「你告訴我！打電話來的是你。」

「妳……還不知道？」對方的聲音透露著點點的懷疑。「我……還以為妳只是會一貫的說沒有回應，但……妳好像真的不知道……」

這一刻，瑪麗安感到自己是太空衣頭盔破裂了的太空員，正陷入宇宙真空的寂靜中。

20

「那現行的准生證制度是不是有問題？」屏幕中穿著套裝的女主持人一臉認真的問。

「其實現行的制度主要是針對準父母生理上是否適合生孩子，例如有沒有遺傳病之類，但並沒有特別深入評估準父母的精神狀況是否適合懷孕生子。因為在國養法下，所有孩子都會得到專業而且針對性的照顧，所以父母的精神狀態，並不影響孩子的成長。」坐在主持人旁邊，穿著西裝的男人說得頭頭是道。他旁邊映著的字幕說是某大學的公共政策系教授。

「可是以莉娜對被害者屍體的破壞，會不會是精神病的表現？那她生下的小孩，有沒有可能也遺傳了精神病？」女主持人氣也沒吸一下，便緊接著問教授旁邊的女人。字幕說是市立第一全科醫院精神科副主任。

「站在醫學的角度，並不能單純說是『精神病』，廣義上城市人的精神緊張也可以算是精神病的一種。而且醫學界還在研究精神病的成因，並不能確切地說一定會遺傳給下一代。」

瑪麗安關掉影片的視窗，她大概也猜得到接下來的討論會是什麼樣子——就是沒有結果的討論。

半夜的時候媒體發出了消息，不但報導了亞歷被殺，還報導了兇手是莉娜、還有屍體被分屍和被破壞得體無完膚的事，很快莉娜認罪的新聞已經充斥在各大媒體。不過在毫無防備的情況下接到那個記者的電話，讓瑪麗安有點措手不及。怪只怪自己一頭栽進了想莉娜和共犯的事，完全忘了身邊的事。沒想到幾個小時沒上線，就出事了。

「喂！給國養部的聲明寫好了嗎？」瑪麗安對辦公室外喊著。

一大早瑪麗安公司內就亂作一團，不但要協調警方和國養部準備回應，還要應付各個媒體和其他「輝夜姬計畫」參加者的詢問。還有其他收到風聲的客戶來電「關注」。剛巧也是「輝夜姬計畫」團隊之一的艾比正在休假，少了一個人應付。

「快好了！兩分鐘！」拜仁舉著手喊著。

「那我們的聲明呢？我要和國養部同時發出！」

「完成了，剛電郵了給妳！」翠絲說著。

「瑪麗安，找到了。」蘇菲跑進瑪麗安的辦公室。「消息是這家爆出來的，第一家報導的就是他們。」她把手機遞給瑪麗安看。

瑪麗安看了一眼。「嘖，我就知道。妳親自去聯繫『輝夜姬計畫』那九對參加夫婦，安撫他們，最重要是叮囑他們不要對媒體亂說，一切媒體的詢問都轉過來讓我們應付。」

蘇菲步出瑪麗安的辦公室後，瑪麗安順手把門關上。她拿著平板電腦的觸控筆不停地在敲打桌面。

「喲，是我。」瑪麗安撥了個電話。「我還不期望你會接電話耶。」

「瑪麗安，什麼事？」電話另一端的男人說著，他的聲線令瑪麗安覺得他在笑。

「閉嘴，你知道我是為什麼打來。」瑪麗安繼續敲打桌面。「小孩死狀的消息，你們可是大獨家啊。」

「瑪麗安，妳知道我不能透露消息來源的。」

「少跟我來這一套，有多少人有這個消息我會不知道？我想問的是，你是何時得到這個消息的？」

「……」瑪麗安好像聽到對方深深吸了口氣。「就是昨天晚上，我們從一個『非常可靠』的消息來源，得到有關孩子被殺分屍的消息，因為警方沒有公佈什麼，本來我們還有點猶豫的，而且……」

「而且什麼？」瑪麗安差不多可以確定，消息是從莉娜來的，也許是透過律師轉達，但是只有他們，才會有那麼詳細的資訊，而且這家也是莉娜相熟的媒體。

對方乾咳一聲。「基本上，就是交換條件。」

瑪麗安立刻明白了，莉娜把消息給他做獨家，條件是要他們往某一個方向報導，也就是所謂的「帶風向」。做為公關，她們常常要和媒體打交道，但是每個公關總會有一、兩家特別信賴的，那些媒體不會利用他們發放的訊息亂來，而且很願意配合，一種互惠互利的關係。「所以，說莉娜有精神病是你們決定的嗎？還是那個『非常可靠』的消息來源，要你們隱隱地發放的訊息？」

沒有在報導中直接說是精神病，但在相關報導中採訪了精神科醫生，就是暗地裡質疑莉娜的精神狀態。

對方沒有說話。

「所以，是他們提出要徵詢一下精神科醫生，有關兇手精神狀況的嗎？」

還是沒有說話。

「那個市立全科醫院的副主任，是你們一向用的專家嗎？」瑪麗安看著電腦屏幕映著的報導，第一篇報導就找了精神科醫生來評論莉娜的精神狀況，就是剛才影片中的同一個醫生，這就差不多是早早把事情認定是精神病患犯下的案件。

瑪麗安只聽到另一端的呼吸聲。

「好啦，我不再問這個了。」瑪麗安笑了一聲。「有沒有照片？」

「沒有啦，妳以為我會把消息分幾天發放嗎？我保證，就是那麼多。妳可不要把我們當成那種亂七八糟的媒體，收到消息後，我們有向警方那邊查證過，才會報導的。」

當然，他們就是不是亂七八糟那種媒體，所以報導才會那麼有份量，才能引起那麼廣泛的討論。

和對方掛線後，瑪麗安再打了個電話。「嘿，醫生，剛才很帥氣嘛。」她打電話給剛才影片的精神科醫師。「『廣義上城市人的精神緊張也可以算是精神病的一種』，看來我也要看一下醫生了。」

「瑪麗安，怎麼了？」對方沒好氣的說。「我才剛離開攝影棚，現在正在開車回醫院。有什麼事我回到醫院才給妳電話。」

「等等，只是說兩句啦。」瑪麗安才不讓她掛電話。「第一篇爆料的那家報紙，是和妳相熟的嗎？」

「還好啦，妳知道我就常常上媒體，而且都是中立不偏袒。」

太奇怪了。掛了電話後，瑪麗安想。第一篇報導中，有關莉娜除了承認殺害了亞歷外什麼也沒有說，本來可以有更多有關殺害亞歷的原因的猜測，可是他們沒有以那個角度出發，他們直指向莉娜的精神狀態、和生孩子的合適程度，並牽扯到准生證的資格，抨擊國養制度的不完善。以那家報紙的立場，當然不會放過任何一個攻擊現屆政府的機會。從剛才的談話中，瑪麗安相信作為交換條件，莉娜要報社聯絡精神科醫生，而莉娜這個「帶風向」，涵蓋了左中右的媒體，剛才那個網路新聞，就是親執政黨的，所以對政府的批評，也沒有那麼激烈。這幾家大肆報導的媒體，都是莉娜相識和信賴的媒體，就連剛才新聞台節目出鏡的教授和醫生，都是她熟悉的人。

不過太奇怪了。

這樣完全是對莉娜不利的呀，就報導和評論版來看，都在質疑國養部審批准生證會否過於寬鬆，讓莉娜這樣的「大魔頭」也可以生孩子。她知道，沒有莉娜的首肯，他們絕不會這樣寫。甚至可以說，這就是莉娜在帶的風向。當然，「變態女人殘暴殺人分屍，斬首四歲童體無完膚」是很聳動的標題。這一宗新聞，就包括了女人、殺人分屍這些引人入勝的話題。

難道莉娜真的瘋了？才不是，瑪麗安很清楚這是在操作輿論，瘋子才不會這樣做。難道她在這樣帶風向，讓大家都認為她的精神有問題，將來以此作為脫罪的理由？

在瑪麗安沉思的時候，拜仁走進來。「確定了，沒有媒體有照片。已經溝通好，如果拿到照片要通知我們，好讓我們能有所準備。」

「很好。網媒和各大社交媒體那邊盯緊一點，他們什麼照片都敢刊登。」瑪麗安鬆了口氣。這算是最近比較好的事情了，沒有任何媒體有亞歷屍體的照片。雖然已經有媒體根據有關亞歷屍體狀況的描述，繪畫了屍體的圖片——這讓瑪麗安覺得很不安。

在原來的世界，如果案件牽涉小童的受害人，一般正統大媒體都會有種默契，不要說照片，也絕對不會刊登這種模擬屍體的圖片，甚至也未必會大肆報導。雖然新媒體會比較「踩界」，但是做得太過火的話，輿論的壓力往往會適得其反。因為他們要顧慮受害人家人的感受。

不過在這個世界，孩子沒有「家人」。受害人的年紀也不在考慮之列，在這裡，沒有人會覺得展示小孩的屍體有什麼問題，只是比成人的屍體小一點而已。

不過有一點不對。

既然莉娜要操作輿論，為什麼沒有照片？今時今日一張圖勝過千言萬語。

難道她沒有拍照？所以這一切都是她隨機應變的部署？對，她本來是要去棄屍，可是因為在分屍期間被捉個正著，所以來不及拍照？但是如果沒有想過會被抓，那為什麼要把屍體破壞到那個程度？

之前說破壞頸項是為了掩飾兇器都是胡扯的，所以其實是為了萬一屍體被發現，會被當成冷血變態所為？

然而現在的情況，她只能擔當那個變態兇手的角色？還有同夥的事，莉娜現在所做的，是不是也是保護同夥的一部分？到現時為止，她對誰可能是莉娜的同夥還是毫無頭緒。

當瑪麗安他們忙了一整個早上，以為可以靜下來吃個午飯的時候，瑪麗安接到奧雲的電話。為什麼他會在這個時候打來？瑪麗安暗忖，一個鐘頭前國養部已經發出了聲明，確認了亞歷的命案和莉娜被逮捕，但是由於案件還在調查中，希望媒體不要影響調查和司法。瑪麗安的公司也發出了差不多的聲明，只是確認被捕的莉娜曾是公司一分子，不過在「輝夜姬計畫」開始前已經離職，也沒有參與過任何和「輝夜姬計畫」有關的工作，公司會全力配合有關案件的調查。

發出了聲明後，媒體的炒作也稍微安靜了下來，只剩下一些無傷大雅的八卦報導。為什麼奧雲會在這個時間打電話來？

同一時間，瑪麗安察覺公司彌漫著一股奇怪的氣氛，外面的下屬們在醞釀著一陣騷動。

「嗨，奧雲？」瑪麗安接過電話，可是雙眼緊盯著外面看著手機、一臉慌張的下屬們。

「瑪麗安！究竟那個他媽的莉娜在搞什麼鬼？」瑪麗安一怔，合作「輝夜姬計畫」以來，奧雲都沒有對瑪麗安這樣發過脾氣。

「你冷靜一點，或者我五分鐘後再給你電話？」

「不，我只是想知道，那影片是怎麼回事？自從那出現了後，媒體又再鬧得熱烘烘，不停打電話來找我回應。我只是想知道，你們是不是會替我們辦妥，即是我可以不理他們？」

「影片……」剛好這時候拜仁進來，無聲無息地在手機上播放著一段影片。

「奧雲，我再聯絡你，如果有媒體打擾你，請轉給我們應付。」和奧雲掛了線後，瑪麗安立刻把拜仁的手機搶過來。「這他媽的是什麼？」

背景是淡灰藍色的牆壁，瑪麗安認得牆上那暗紋——那是自己的別墅的壁紙。莉娜坐在那前面，亞歷就坐在她大腿上。

可是和幾個小時前莉娜的形象完全不同，影片中的莉娜，不是殺死亞歷再殘酷地毀屍的冷血兇手，影片中，她在和亞歷玩耍，她一時扶著亞歷的腰唱歌給他聽，一時捉著他的手和他一起舞動，莉娜的表情好溫柔，她是天生的母親。

一樣——瑪麗安盯著屏幕，那個表情，她記得。在原來的世界，莉娜還在放產假時，她曾經帶伊雲到公司，那時候她抱著伊雲的表情，和影片中的一樣，即使在不同的世界，骨子裡還是同一個人。

拜仁說，一個小時前，影片先是上傳到YouTube，再被轉載到各社交媒體，很快便引來主流媒體即時新聞的報導。本來已經追訪完亞歷死狀的媒體，因為這支影片，又再熱鬧起來。所以剛才瑪麗安他們花了一個早上做的事，下午又再做多一次。

這不是普通的家庭影片。瑪麗安把影片看了幾遍，但第一次看時她便有這個結論。一般人看不出來，可是不論是鏡頭的位置、光線和色調，都很接近專業的水準，說「接近」，因為瑪麗安還是看得出來，畢竟從事了這工作這麼多年。

這種程度我也拍得出來，瑪麗安想。從她知道莉娜租了器材，她就知道一定有影片的存在。只是莉娜的認罪和忙著應付媒體，完全忘了要找影片。而且當時她以為莉娜只是為自己拍影片去製造對自己有利的輿論，並沒有想過是和亞歷一起拍攝的影片。

但是為什麼會在這個時間點流出影片？影片到底在誰的手中？難道是那個帶亞歷出現的人？莉娜的同夥？

瑪麗安抓起電腦的觸控筆，快速地一下一下敲在桌面，彷彿她需要那個聲音來當她思考的背景音樂。從她第一下在敲開始，所有想法也像水壩開閘的一刻傾瀉出來。

莉娜還在拘留所，雖然她不可能把影片放上網……

但她可以讓外面的人幫忙，她的律師礙於專業操守應該不會。警察應該已經扣留了她的電腦，所以她有可能一早把影片放在雲端伺服器，不，也可能像電影中把硬碟藏在車站儲物櫃之類，然後一發生什麼事，那個同夥就把影片上傳到互聯網。

不，她可以先把影片上傳，然後啟動了延遲發表的功能，這樣即使莉娜被捕了也可以發佈影片。而且也可以當作底牌，如果莉娜在一定時間內沒有移除影片，那影片便會發佈。

不對。

如果真的是利用了延遲發佈的功能，那為什麼莉娜還要把亞歷的死狀告知媒體？明知這會和影片導致相反的效果。

所以影片不像是莉娜上傳的。

莉娜利用媒體，一手製造了變態殺童兇手的形象。可是現在流出的影片，莉娜卻是一個溫柔的母親，一個全心全意投入去養育孩子的母親。這影片就像是特地要和莉娜之前發放的消息對著幹，所以不像是她的同夥，還是這是他們的把戲，故意擾亂調查？

如果是莉娜的對頭，那就可能是國養部。不過以國養部希望低調淡化事件，沒理由在這時間流出影片捅自己一刀。而且，國養部怎樣拿到影片的？是警方提供的嗎？

這段影片是亞歷死前拍的，相信那也是莉娜租借那些器材的目的。不過……如果那時她拍的是這樣的影片，一段展現她母愛一面的影片，那為什麼她現在要在媒體塑造一個完全相反的形象？公開這段影片明顯是想讓公眾同情莉娜，如果這影片是在逮捕莉娜之前出現，沒有人會相信莉娜是兇手。而現在那人在這個時間流出這影片，想扭轉大眾對莉娜的看法。目前為止，公眾只是從媒體和警方那裡，得到莉娜是兇手還有命案的資訊。但那些消息和影片中的莉娜相比，公眾傾向相信親眼看見、影片中的形象。加上大眾都喜歡陰謀論的說法，更顯出莉娜含冤受屈可能。

究竟莉娜背後的人是誰？

瑪麗安越想手也跟著越敲越快，她的手跟不上她的思緒。她已經無視辦公室外面的忙碌和緊張，完全嵌入了自己的思緒中。

莉娜不能把影片放上網……

莉娜不能把影片放上網，但卻可以讓外面的人幫忙，莉娜利用了媒體，製造了變態殺童兇手的形象，可是現在流出的影片，莉娜卻是一個溫柔的母親，可是上傳這影片的人是要和莉娜對著幹，所以不是她的同夥，如果是對頭，那就可能是國養部，不過為什麼莉娜現在要在媒體塑造一個完全相反的形象？莉娜不能把影片放上網，但卻可以讓外面的人幫忙，莉娜利用了媒體，製造了變態殺童兇手的形象，可是現在流出

的影片，莉娜卻是一個溫柔的母親，可是上傳這影片的人是要和莉娜對著幹，所以不是她的同夥，如果是對頭，那就可能是國養部，不過為什麼莉娜現在要在媒體塑造一個完全相反的形象？莉娜不能把影片放上網，但卻可以讓外面的人幫忙，莉娜利用了媒體，製造了變態殺童兇手的形象，可是現在流出的影片，莉娜卻是一個溫柔的母親，可是上傳這影片的人是要和莉娜對著幹，所以不是她的同夥，如果是對頭，那就可能是國養部，不過為什麼莉娜現在要在媒體塑造一個完全相反的形象？莉娜不能把影片放上網，但卻可以讓外面的人幫忙，莉娜利用了媒體，製造了變態殺童兇手的形象，可是現在流出的影片，莉娜卻是一個溫柔的母親，可是上傳這影片的人是要和莉娜對著幹，所以不是她的同夥，如果是對頭，那就可能是國養部，不過為什麼莉娜現在要在媒體塑造一個完全相反的形象？莉娜不能把影片放上網，但卻可以讓外面的人幫忙，莉娜利用了媒體，製造了變態殺童兇手的形象，可是現在流出的影片，莉娜卻是一個溫柔的母親，可是上傳這影片的人是要和莉娜對著幹，所以不是她的同夥，如果是對頭，那就可能是國養部，不過為什麼莉娜現在要在媒體塑造一個完全相反的形象？莉娜不能把影片放上網，但卻可以讓外面的人幫忙，莉娜利用了媒體，製造了變態殺童兇手的形象，可是現在流出的影片，莉娜卻是一個溫柔的母親，可是上傳這影片的人是要和莉娜對著幹，所以不是她的同夥，如果是對頭，那就可能是國養部，不過為什麼莉娜現在要在媒體塑造一個完全相反的形象……

她不知道，另一邊廂她的左手擱在頭上，邊把玩著頭髮。直到手機響起，她接聽時才發現，五隻手指已經纏著不少扯下來的頭髮。

21

打電話來的是大衛。「喂？瑪麗安？這是市中心警察總局的大衛。有關妳遇襲的案子，我想和妳談談。是的，我有看到新聞，妳一定很忙碌，我過來妳公司也沒問題。」瑪麗安也差點忘了自己案子的事，隔了這麼久，她也不期望大衛會有什麼突破。

出乎瑪麗安意料之外，大衛是和甘頓一起來。

「瑪麗安，」大衛的表情出奇地嚴肅。「之前我和甘頓聊到莉娜落網的過程，我就想，可不可以用同樣的方法在妳遇襲的案件上呢？」

「你是指……監視器？」

「對，因為妳對遇襲前的事沒有印象，我們……」大衛看了甘頓一眼。「我們調動了公路上沿途的監視器，看看妳出事前去了哪裡……」

「所以？」瑪麗安有不好的預感。

「在妳到達出事現場前，我們循著監視器拍到的，追蹤到……到妳在一號公路……」

一號公路……

瑪麗安盯著甘頓，從甘頓的神情，瑪麗安知道他也猜到了。

「妳真的沒有印象那天到過別墅？」大衛稍微坐直，並微微向前傾。瑪麗安聽得出，那是審問疑犯的語氣。

瑪麗安搖頭，她也不知道可以說什麼，因為她真的不知道。

在自己遇襲前一天，發生亞歷被拐事件，莉娜把亞歷藏在別墅內，她說是利用了沒有歸還的鑰匙，這點其實讓瑪麗安很懷疑。如果是她，在莉娜離職和控告國養部時，為了在「輝夜姬計畫」中避嫌，一定會連私底下的交集也撇清，包括拿回別墅鑰匙或是重設門鎖。而且，為什麼她可以那麼放心利用別墅而不怕自己會知道？

只可能是……

「瑪麗安，如果妳和亞歷被拐的事件有關的話……」大衛繼續說。瑪麗安看著甘頓，他在迴避她的視線，說不定調查監視器就是甘頓的主意。「我想妳跟我們回局裡一趟。」

「……我要給我的律師打電話。」

乘大衛的車到警局途中，坐在後座的瑪麗安有幾次在後鏡和甘頓的眼睛對上了，那雙藍眼睛讓她無法集中。之後一直閉著雙眼，她需要冷靜專注下來思考。

自己就是協助莉娜的那個人。

這樣的話，就可以理解為什麼莉娜可以輕易拐帶亞歷。有關劇場的地圖、參與計畫的孩子的名字、音樂劇後他們會在有側門的走道上排隊等候……這些資訊莉娜都是從自己那邊獲得的。這比從媒體那邊知道合理得多。

對，拜仁說過，莉娜離開公司後，自己曾和莉娜在不容易碰到熟人的咖啡店見面。那一定是自己暗中和莉娜在商量拐帶亞歷的事。音樂會那天，莉娜帶走了亞歷，並把他安置在自己的別墅裡。

如果自己就是幫助莉娜的那個人，那別墅鑰匙的事就說得通了。

但是自己為什麼要幫莉娜拐帶亞歷？身為「輝夜姬計畫」的負責人，這樣做對自己有什麼好處？

還有遇襲的事。

遇襲前自己是在別墅，那個路線應該是從別墅回到市內，回家或是到公司。然而途中把車停下，走進公園後遇襲，對方穿著放在車上的外套離開公園並駕車離開。

犯人是被目擊穿著賈斯柏外套離開公園，很大可能，這人原本就是車上的乘客，在車上穿上了外套，之後和自己到了公園，襲擊後搶車逃走。

如果自己是從別墅出來的，那另一個在車上的人，很大可能就是莉娜。

到達警局後，瑪麗安被帶到問話室，由轄區兇殺組做筆錄。她看到甘頓和負責問話的刑警交換了個眼神，像是在要求對方不要為難瑪麗安。不過瑪麗安也不是白痴，她一直等到律師來到才開口。

「瑪麗安女士，請問妳可以說一下在三月十日星期六那天的行程嗎？」

「根據我的行事曆，和其他人的轉述，那天是『輝夜姬計畫』的第一階段拍攝，我應該是一大早就在劇場準備。請你記得，我在三月十一日遇襲頭部受傷，有關受傷前的事，我真的記不得。」

刑警並沒有做出任何反應。「那三月二十四日，不，三月二十三日呢？」

「我如常早上八點到公司，午飯後我到了設施開會，從下午兩點到三點半。」

「所以妳是會議結束後，在設施登記並取走三十二張訪客卡是嗎？」

「對。」

「之後呢？」

「之後我回公司，一直到六點左右離開，到市內一所飯店參加一個活動，一直到晚上十點才離開……這些我之前已跟另一位刑警說過了。」瑪麗安開始顯得不耐煩，她心裡有個想法，所以她想盡快回家。

「那位刑警的筆錄我看過了，但他不是兇殺組的。」他還是毫無表情。「那些訪客卡妳一直帶在身上？」

「不，因為第二天我打算先回公司再到設施，所以我把訪客卡鎖在我辦公室的抽屜內。」

「那二十四日那天……」

「我早上八點左右到公司，拿了訪客卡和其他需要用的東西，便開車到設施為拍攝做準備。」

「離開公司前妳有沒有點算過那些卡的嗎？」

「沒有，整疊卡在抽屜裡原封未動，而且如果數目不對發卡給工作人員時就知道了。」

「那發生亞歷事件後，妳做過什麼？」

「那時我在保安室，之後我有追出去看情況，之後我便去聯絡了甘頓，接着便去了查看其他正在拍攝的夫婦的情況。確定他們並不知情，我並不想影響拍攝進度，便沒有打擾他們，之後警方來到便一直在對有關人士問話，當其他人離開後，我便和國養部和甘頓他們開會……」

「沒有離開過設施大樓嗎？」

「當時一片混亂，我不能肯定。」
刑警嘆了口氣。「瑪麗安女士，妳要知道，如果妳是莉娜的共犯，那之前很多看似不可能之謎便解得通了。」
「例如？」
「例如莉娜是如何拿到用妳名字登記的訪客卡。因為除了妳登記和歸還時有第三者點算過外，其他時間都不能證明，妳身上的卡是有效的訪客卡。所以妳大可以在登記後用某種方法把其中一張卡交給莉娜，然後事先約好還卡的方法，在發生亞歷出現的騷動後，妳趁亂在某約定好的地方拿回莉娜藏好的卡……」
「可是莉娜那時候有不在場證明。」
「她本人已經承認了，那天她趁警方不注意時擺脫了監視。」
所以警方已經很滿意莉娜是所有事件的犯人這個結果，現在只要能解釋她是如何拿到訪客卡的，就有了完整故事可以把案件交給檢察官作出起訴。他們不停在問瑪麗安相同的事，只要瑪麗安有一點前言不對後語，他們就能抓住把柄。瑪麗安猜到警方的意圖，她看了一眼身邊的律師。
「這位探員，請等等，」律師把身體向前傾。「剛才你說的，只能說是理論，我相信你也明白，除非你有證據去支持你的理論，否則理論不能證明我的當事人有參與犯罪。還有，請你記得，我的當事人是『輝夜姬計畫』的負責人，她並沒有動機去協助莉娜的犯罪，不要忘記，是我的當事人提供了莉娜把亞歷藏身在別墅這線索的。我相信現階段你們只是請我的當事人來協助調查，如果沒有其他問題的話，你也明白，我的當事人工作繁忙，如果有什麼新線索，或是我的當事人想起什麼的話，她會很樂意繼續協助警方。」

刑警看著律師，再看著瑪麗安，瑪麗安沒有迴避刑警的目光，兩人就互相盯著對方。「當然，」半晌後他說。「如果再有需要會通知你們。」他終於第一次露出微笑，但瑪麗安覺得他還是不要笑比較好。

「不用擔心，那些監視器的影像並不能成為入罪的證據。」離開警局時，律師邊說邊給瑪麗安一個自信的笑容。

「我明白，監視器只拍到我的車出現在一號公路，並不能證明我是去了別墅。」

「哈，妳打算要念法律學院嗎？拿掉我的工作？」

「不，我喜歡留給專業的來。」瑪麗安笑著。「沒有旅遊限制是嗎？」

「沒有，但我不建議妳出國。」

「嗯，那後續就交給你了。」瑪麗安看到甘頓在外面等著。交代律師後，她便向甘頓的車走過去。

「呃，瑪麗安，」律師叫住瑪麗安。「我會找莉娜的律師，現在警方不能起訴妳，因為莉娜到目前為止還只承認這是她一個人的犯罪。這太冒險，我不喜歡這樣把案子全押在一個人身上，我不知道這個女人葫蘆裡賣什麼藥。」

瑪麗安點點頭後走上甘頓的車。她明白，如果莉娜突然推翻之前的供詞，那就對瑪麗安很不利。

「我想給妳看這個。」甘頓一隻手控制著方向盤，一隻手把平板電腦交給瑪麗安。裡面是映著阿辰店子門前的監視器的影像。

「這是三個星期前。」甘頓說。

鏡頭拍到的，是瑪麗安走進阿辰店門口的畫面。

「是我。」瑪麗安苦笑。

「瑪麗安……妳真的不記得了嗎？」

「你相信我嗎？」瑪麗安嘆氣，她不知道聽到甘頓的回答會有什麼反應，她不知道她是否已經準備好。

甘頓沒有說話。

「對，你不相信我的話，就不會給我看。」那算是一點安慰嗎？

「嗯。」甘頓只是簡單的應了一聲。

「我之前說過，我們除了莉娜外，還有一個『敵人』。」瑪麗安蓋上平板的保護蓋。「現在我覺得，莉娜這次計畫，其實是三個人的計畫——莉娜、我、和另一個人。只是，這個人，是為了某種不懷好意的目的而參加，在我受傷失憶後，這個人就變成我和莉娜之間的中間人。他照原定計畫，把亞歷帶到設施，給莉娜製造不在場證明，這個人……說不定就是殺害亞歷然後嫁禍給莉娜的兇手。而且，襲擊我的人，可能是莉娜，也可能是這個在暗中的共犯。」

「可是還是未解開訪客卡之謎……」甘頓沒有再說下去。

甘頓送瑪麗安回家後便回到辦公室，瑪麗安發現洛姆有回來過，他拿了一些換洗的衣服。這樣更好，瑪麗安想，這樣她就可以專心思考。

她再度把和國養部就「輝夜姬計畫」簽訂的合約從公司內聯網叫出來。

雖然標準合約都有「範圍外服務」，但都只是一些一般樣板用語，很少會像這樣那麼詳細把條件寫出的。

瑪麗安，用力的想想吧，如果是妳，妳的目的是什麼？

莉娜在和國養部打官司，如果要幫莉娜做她的公關秀，「範圍外服務」會是一個可行的方法，一方面對莉娜說，也為她製作和發佈影片，藉此動搖民意。另一方面對國養部說利用莉娜，說如果和國養部打官司的人都參加「輝夜姬計畫」，肯定對國養法的形象有很大幫助。

可是這樣不對。

莉娜不是白痴，她不會想不到這是在利用她。如果莉娜肯參與，這表示她是經過考慮的。

叮——

等等！瑪麗安想到什麼，她打開公司內聯網有關「輝夜姬計畫」的檔案夾，在存合約的檔案夾，有word檔和pdf檔，因為對外的文件往來都只會用鎖了編輯權限的pdf檔，而這個pdf檔的建檔時間是「輝夜姬計畫」開始之後。

這是不可能發生的。所有工作開始前，她都會確保有簽好合約的。

叮——叮——

難道……現在在內聯網的合約，是修改後的版本？即是說，因為發生什麼突發事件，所以原來的合約條款有不足，所以才修改了？

一定是！瑪麗安跳起來。一直以來自己的推理把次序搞錯了！不是用「範圍外服務」來協助莉娜拐帶亞歷，而是因為莉娜拐走了亞歷，所以自己和國養部交涉，在合約中加入特別的「範圍外服務」條款，暗中幫助莉娜。

叮——叮——叮——

這時瑪麗安才意識到有人不斷在按門鈴。

叮——叮——叮——叮——叮——叮——

瑪麗安家的門鈴連有鏡頭，顯示屏映著不久前才在警局問她話的刑警。

「刑警先生，還有什麼事？」瑪麗安打開門，這時她才發現他後面還有幾個人。

「瑪麗安女士，」刑警揚一揚手中的證件。「現在我們以涉嫌謀殺亞歷的罪名拘捕妳。妳有權保持緘默，但妳所說的有機會作為呈堂證供，妳有權要求律師在場，如果妳不能負擔聘請律師，可以指派律師給妳。」

在瑪麗安還茫然地思考他說話的意思時，一位女警已經在她雙手銬上手銬。

22

從法國的交流團回來後兩個月，設施裡的育兒員發現瑪麗安懷孕了。輔導員和瑪麗安詳談後，得知是在法國時發生的，對方是尼斯的大學生。雖然已過了十六歲，但因為瑪麗安還沒去做身體檢查拿准生證，而且孩子的父親不是本國人，國家並沒有男方的健康資料，加上輔導員發現瑪麗安對這段關係的觀感並不正面，估計是在被誘騙下發生性關係，所以建議瑪麗安盡快搬到設施的待產室。

為了不影響學業，瑪麗安希望學期完結後才搬到待產室，這也獲得醫生同意。可是期間發生欺凌事件，瑪麗安在課室的座位被塗鴉，寫上侮辱的字句。經調查後證明是一同參加法國交流團的同學做的，據未經證實的消息指，帶頭的女生是瑪麗安孩子父親的女朋友。為此育兒主任決定讓瑪麗安提早搬到待產室，但是瑪麗安在搬走前一天，帶著行李離開了設施後便行蹤不明。

因為當時瑪麗安已滿十六歲，系統中有她被准許離開設施的時間，她就是利用那個時間離開。考慮到她的身心狀況，設施決定讓警方介入。

四個月後，在西岸有人報稱在街上看到懷孕的少女，因為看到孕婦在街上走覺得奇怪，而且因為女孩的年紀、還有同行的中年女人，引起目擊者的懷疑而報警。最後警方在前育兒員玻爾的家發現瑪麗安，遂以育兒員行為不恰當罪名把她拘捕，瑪麗安則被送到西岸的待產設施。

玻爾退休後曾經有五年在瑪麗安居住的設施當育兒員，據說和瑪麗安感情深厚，為了逃避欺凌，瑪麗安跑到西岸投靠玻爾。但玻爾身為前育兒員，在瑪麗安上門時不但沒有通報有關單位，反而私下收留瑪麗安，這是國養法絕不容許的。但考慮到她是出於善意，並無傷害瑪麗安和孩子的意圖，法院最後予以輕判。

刑警把這件二十三年前的事件摘要讀出，瑪麗安聽著，彷彿在聽一個既熟悉又陌生的故事。陌生是因為她完全沒有對這事件的記憶；熟悉是因為如果當時她是在這個世界的話，她絕對可以想像得到，自己也會做同樣的事。

即使在這個世界，年少無知的自己還是被路易騙了。雖然沒有親戚關係，她還是去了西岸玻爾阿姨那裡。想到這裡，瑪麗安不禁苦笑。

「妳笑什麼！妳不是說妳沒有動機的嗎？這就是動機！」眼前的刑警把她帶回現實，他用力的把放著摘要的文件夾丟在桌上。「因為二十三年前的事，和妳感情要好的前育兒員被拘捕，妳一直等到現在，才對國養部報復！」

瑪麗安仍是保持緘默。

「動機有了，妳利用莉娜，在第一階段時幫妳拐走亞歷，在第二階段時妳早一天把訪客卡交給莉娜，她再把卡藏在設施某個暗角，妳裝調查在設施走動時拿回。然後妳趁莉娜在家時，到別墅殺了亞歷，當莉娜發現時，正準備分屍處理屍體，妳卻引警方到別墅，讓他們逮捕作為現行犯的莉娜！」

「刑警先生！請你注意你的用詞。」瑪麗安的律師開口。「首先，我的當事人會想到是別墅，完全是因為ＦＢＩ利用監視器反方向追蹤莉娜的行蹤。」

「哼，」刑警冷笑了一聲。「妳只需要等待著甘頓跟妳說調查的事，在適當的時機就裝作想到莉娜把亞歷藏在別墅罷了。」

因為警方認為瑪麗安有潛逃的風險，所以並不讓她保釋，但她的律師說會盡力讓她可以保釋出來。

在拘留所待著的瑪麗安只能著急，因為她知道，警方現在只會全力找尋證明自己有罪的證據，好讓檢察官那邊能進行起訴。可是在她心底的一角，她其實也不禁懷疑自己。

雖然殺人的肯定不是自己，但其他呢？有可能真的是自己嗎？經歷過那樣的事，如果是自己，會想到那樣報復國養部嗎？所以自己和莉娜的目標一致，並一同策劃了這次行動？所以「輝夜姬計畫」不只是國養部的公關企劃，暗地裡也是莉娜和自己的復仇計畫？

如果是自己，真的會這樣做？

不。

瑪麗安右手模擬拿著筆桿的姿勢，不停敲打著大腿。

如果是報復國養部，不用殺死亞歷。而且自己應該明白，堂堂一個政府部門，即使犯了錯引發公關災難，國民大不了在下次選舉令執政黨倒台，二十三年來，政黨已不知輪替了多少次了。現在運作國養部的人，早已不是當年抓玻爾阿姨的那些人。要報復，也是報復那些人，而不會是國養部。

關鍵在那第三個人。

那個人知道並參與了計畫，但在這時刻卻仍然在暗處，居心叵測。

瑪麗安決定第二天要律師幫忙找這個人出來，先從莉娜那邊入手，她一定知道那人是誰。

可是出乎瑪麗安所料，第二天一早，她還沒來得及提出要打電話給律師，那刑警已臉如死灰走來。

「妳可以走了。」他說。「到外面辦手續吧。」

當瑪麗安還對眼下的情況有點茫然時，就看到不遠處有個熟悉的身影——洛姆穿著他們相遇那天的外套，那個溫暖又帶點傻氣的笑容，和那天他說自己是華生瑪麗安是福爾摩斯，一模一樣。

瑪麗安跑過去緊緊摟著洛姆，即使是在平行時空，洛姆還是洛姆。

「你耍了什麼手段？」瑪麗安笑著問。

「哈，很可惜，我只是來接妳的，妳要感謝的，是他。」說著洛姆移開一點，讓瑪麗安看到站在他身後的人。

甘頓繞著雙手倚著牆，那討人厭笑容流露出他在沾沾自喜。「唷！想感謝我，請我吃個豐富早餐吧。」

於是由洛姆開車，他們一行三人到市中心某精品飯店吃早餐。

「老闆就是不一樣，吃個早餐也那麼有氣派。」甘頓把咖啡往嘴裡灌。

「少來了，又是你說要吃豐富早餐的，現在又吃這麼少。」瑪麗安邊說變邊在吐司上塗抹花生醬。「快告訴我，你做了什麼讓那人放我走？」她指的是那刑警，畢竟那麼高調的逮捕瑪麗安，這樣給她離開會令他在局裡很沒面子，所以非不得已他是不會同意的。

「因為找到那第三個人。」甘頓本來想拿吐司，但還是把手縮回去。「莉娜那影片查到是在西岸一家網咖上傳的，但是那裡沒有監視器。如果妳不是犯人，如果帶亞歷到設施的真的不是莉娜，那究竟真正的犯人是怎樣拿到訪客卡的？於是我回到設施，想找那天的前檯職員問清楚那天發生的事，沒想到有意外發現——原來他們晚上也有人在前檯當值，而那天晚上當值的職員這陣子剛巧休假出了國，所以對在設施的調查一無所知。我聯絡上她，她說，那天晚上有人以瑪麗安的名義登記了一張訪客卡，那人說她下午登記的其中一張卡有問題，所以想先發多一張，第二天再一併歸還，還說她可以取消有問題的卡。」

「所以還卡時系統仍然只顯示我登記了三十二張卡。」瑪麗安放下手中的咖啡。

「這個人，很大膽，他在賭雖然夫婦各有一張卡，但是根據拍攝流程，他們會單獨離開設施的機會甚小，所以即使其中一張卡已經被取消了並不容易被發現。而且即使在進入設施刷卡時真的剛巧用了被取消了的卡，同行的人也會立刻『讓我來！』而用他的卡來開門，也不會想到那麼小事要通報。」瑪麗安邊說邊做了個刷卡的動作。

「我翻看了設施大堂的監視器，果然有個女人去過前檯，不過拍不到臉。但這已是足夠證據，推翻了妳是莉娜共犯的假設，因為那時候妳有不在場證明。所以妳不可能出現在設施拿卡。」

「那前檯的職員有說當時具體的情況嗎？」

甘頓搖搖頭。「她所在的地方網路不太好，所以沒有詳談。但是她後天回來，我已經約好了頭像畫家，待她一回來便安排繪圖。不過……這兩天也不只是在等。」

甘頓掏出手機，叫出了個語音檔。

「其實警方會把矛頭指向妳，因為接到舉報，說妳就是當年『育兒員私藏少年』事件的主角，妳的目的就是要向國養部報復。」

「對，我也覺得奇怪。」洛姆說。「這件事發生在西岸，而且已經過了那麼多年，除了妳最親近的人外，應該沒很多人知道，我還想警方竟然那麼快便查到。原來是有人通報……」

「當我知道登記另一張訪客卡的是另有其人後，警方那通告密電話就很可疑了。」甘頓終於拿起吐司和花生醬。「那人沒有留下聯絡方法，幸好前檯轉到負責的小組時說是有案件情報，後來接電話的刑警為了謹慎便把通話錄了音。他看不過眼組長沒有好好調查便逮捕了妳，所以把錄音檔給了我。」

甘頓按下播放鍵。

「喂？是負責那小孩被殺案的調查小組嗎？我有消息提供，請調查一下瑪麗安，就是負責『輝夜姬計畫』那公關公司的老闆。」聽來像是女人的聲音。

「她……就是二十三年前『育兒員私藏少女事件』的那個女孩，她和被捕的育兒員感情很好，所以一直對這件事懷恨在心。處心積慮了這麼多年，終於等到機會向國養部報復。」

「可不可以追蹤到電話是從哪裡打出的？」洛姆問。

「很遺憾，是手機預付卡……瑪麗安？」

甘頓留意到瑪麗安的臉色不大對，而且嘴唇微微在動，應該是在喃喃自語。

「是她……？」瑪麗安的聲音小得甘頓差點聽不到。「為什麼她會知道……？」

瑪麗安和甘頓來到一棟公寓樓下，洛姆因為要回設施當值而沒有一起。當他們正要走到電梯時，坐在大堂前檯穿著管理員制服的男人叫住了他們。「喂，你們不是這裡的住客吧？你們要找誰？」

「啊，您好。」瑪麗安笑著走前檯。「我是十九樓住客艾比的上司，因為有點急事，所以不得已才到她家找她。」

一聽那錄音的聲音，瑪麗安便知道那是艾比——她公司其中一個年輕員工。在原來的世界，年輕偶像賈斯柏的活動中，莉娜因為要到托兒所接伊雲，而把她丟下在會場，令她逼不得已打擾瑪麗安。

「艾比會是不錯的人選，而且她老家在西岸。」在尋找負責西岸辦事處的人選時，拜仁說過。

給警方的告密電話竟然是她打出的，瑪麗安想不到會有什麼事讓艾比對自己懷恨在心，到一個程度要這樣誣蔑她，自問在公司一直待她不薄。

據甘頓說，雖然這事件在當年算是大新聞，也算是不少人茶餘飯後的八卦，可是和其他新聞一樣，沒多久就被其他新聞取代，甘頓這個年紀會知道，全因為在FBI學堂時研究綁架案有研讀過案例。

所以以艾比的年紀，會知道瑪麗安二十幾年前的秘密，除非……

艾比就是當年那孩子。

瑪麗安想起她從來不知道當年誕下的孩子是男是女。

「雖說設施大部分的工作人員的操守都很好，但這些小道八卦總有人喜歡聽。」到艾比家途中甘頓說。艾比還在休假中，所以他們便上她家找她。「而且小時候總有段時期會好奇自己的父母是怎樣的，一旦流出這些消息，特別是如果艾比是在這種非一般情況下出生的，很可能小時候有被欺凌過。雖說父母資料保密，但如果要查，也沒有想像中難。」

瑪麗安看著車窗外，她在想原來世界裡的艾比。

所以她也是早就知道了嗎？在她到瑪麗安公司工作以前就知道的嗎？

「妳是她上司？」公寓的管理員投出懷疑的眼光。瑪麗安點點頭，並掏出名片給他。

「她知道妳要來嗎？」他問。「不如妳請她下來接妳吧，不要讓我難做人。」

「可是這是真的很緊急的，我真的是她上司。」

「不好意思，這樣不合規矩。」管理員一臉無辜的笑臉，可是語氣卻很堅決。

「這樣吧，我給你我的駕照。」瑪麗安正要拿出皮包，但管理員阻止了。

「小姐，不用了。如果艾比小姐知道妳要來的話，她要不會先登記，要不可以親自下來接妳。妳還是先給她打個電話吧。」

「先生，我明白你的難處。」甘頓走上前，並遞上FBI的證件。「真的有急事，麻煩通融一下。」

這時管理員的表情霎時變得更冷漠。「探員先生，你應該比我清楚，如果是調查，進入私人地方需要搜查令吧？沒有搜查令，我不能隨便讓人進來。你們究竟是公事還是調查？」

「不是不是，他不是這個意思。」瑪麗安打圓場，她才剛從拘留所出來，她怕對方報警。「好啦好啦，我給艾比打電話。」

瑪麗安的原意是，突然出現在艾比面前和她對質，所以沒有先打電話以免打草驚蛇。但是現在沒辦法不這麼做。

「你好！這是艾比，抱歉現在我不能接你的來電，請你留下口訊我會盡快回覆，祝你有愉快的一天！」電話沒有響過便直達語音信箱，看來她把手機關了。

艾比知道，走到這一步，她已不能回頭了。

因為不能進入艾比的公寓，瑪麗安和甘頓只有離開，剛巧洛姆傳訊息來。

「怎麼了？」他問。「找到艾比了嗎？」

瑪麗安打電話給他：「沒有，艾比不知道去了哪裡。」

「既然知道是她，我相信警方很快便可以找到她。妳要回家？」

瑪麗安看了看時間。「嗯，今天我看就在家工作吧。你早點吃午餐吧，剛才你都沒怎樣吃。」

她聽到洛姆在笑。「妳還說，妳一直在塗花生醬，又用同一把刀碰其他的，我今天要當值，不能碰花生。」

「啊，你為什麼不提醒我，讓我不要點花生醬吐司嘛！」瑪麗安立刻明白了，洛姆在設施工作，因為常常會接觸小孩，花生這種致敏源要避免很正常。

「妳愛吃嘛，昨晚妳在拘留所辛苦啦，我少吃一天早餐不會死。」

「真是的。」因為甘頓在，瑪麗安不想露出太甜的笑容。

等等——

花生？

瑪麗安立刻撥電話回公司給拜仁。「拜仁，你立刻把『輝夜姬計畫』小孩資料給電郵給我。」

——如果真的是這樣的話，難道那這就是「輝夜姬計畫」隱藏的目的？雖然只是五分鐘，但那個等待卻讓瑪麗安心急如焚。

瑪麗安看著屏幕上的資料後，她重重的呼了口氣。

——竟然是這樣的惡意。

「你們是警察？」突然有個大嬸出現在瑪麗安和甘頓的身後。「我看見你亮了證件。」原來她看到剛才前檯的一幕。

「ＦＢＩ。」甘頓給她看了證件。「妳是？」

「我是這公寓的清潔工。你們在調查十九樓那女孩？」

「大嬸妳是不是知道什麼？」

「我就知道她有不妥！果然！正經人家又怎會有ＦＢＩ找上門？她兩天前好像家中大掃除，丟了好多東西，我看她常常穿戴那麼光鮮，便好奇她會不會有什麼還用得著的東西，你知道，這些年輕女孩……沒吃過苦頭，好端端的東西也要丟……沒想到竟然給我看到不得了的東西。我還在想要不要報警……」

「是什麼？」瑪麗安問。所以艾比兩天前已準備離開這裡。

大嬸沒有說，她只是露出詭異的微笑。「在休息室，我帶你們去看。」

瑪麗安和甘頓跟著大嬸到了位於地下的一個房間，那裡有沙發、冰箱和微波爐，還有一排儲物櫃。大嬸拿出鑰匙打開其中一格，取出一個用超市膠袋裝著的東西。甘頓正要拿出來看時，她還拿出一對膠手套給他。

看到裡面的東西時，甘頓知道為什麼大嬸會給他手套。

膠袋裡的，是一件衣服。

「和我一樣的衣服！」瑪麗安認得，這是和她在公園遇襲時所穿的麻質上衣。衣服上有一大片深紅色的污漬，而上面還有無數細長的破口，像是被捅了很多刀一般。

「警察先生……那女孩……她是不是殺了人啊？」大嬸緊張的盯著甘頓。

甘頓仔細看那片紅色的污漬，又湊近鼻子去嗅。

「這是紅酒。」聽到甘頓這樣說，大嬸露出失望的表情。

「這麼大片的紅酒漬，洗不了，我應該是丟了吧。」瑪麗安可以想像到，穿著這件衣服的自己在參加某個活動，然後不小心把紅酒倒到身上，一定是自己叫艾比帶新衣服過來給自己換，並叫她把衣服處理掉。只是艾比沒有，拿著所恨的女人的衣服，閒來用刀捅幾下，就像在捅瑪麗安一樣。

「妳真的很喜歡這件衣服嘛，大費周章去把它洗乾淨。」難怪拜仁那天這樣說。這衣服被紅酒弄污時他很有可能在場，他在說這衣服上的紅酒漬，當時瑪麗安還以為他是指她在公園被襲時弄髒。難怪在家沒有看到這件衣服，原來是在艾比手上。

——咦？

瑪麗安拿過那衣服來看。

如果是那樣的話，那莉娜的同夥是……

當你排除了所有不可能的，剩下的即使再不可思議，那也是真相。

那就只能是她！

23

這裡一點都沒有變。這是瑪麗安到達時的第一個想法。這是否表示，在原來的世界也是一樣？

位於小丘上的房子，和附近那些現代化設計不同，它保留了維多利亞式的風格，淡黃色的外牆，白色的窗框，當然還有屋簷邊沿的雕花圖案。瑪麗安記得，玄關是個小巧的半圓形。

一點也不像當時走在科技尖端的前衛女性的家，但這正是玻爾阿姨的風格，不被世俗形象規範。

但是瑪麗安並沒有從玄關進去，她繞到後院，如果是一樣的話，那長椅子應該會在那裡。

「坐在這裡，看著天空看著海，可以好好思考事情。」玻爾阿姨說過。

瑪麗安放輕腳步，不讓自己踏在草地上時發出太大的聲音。

長椅果然還在，而且如瑪麗安所料，有個女人坐在那裡，她穿著黑色連帽運動外套，在背部有個塗鴉風的「J」字，雙手插在外套口袋中。瑪麗安輕輕倒抽了口氣，她用力按著胸口，生怕不這樣做，正猛烈跳動的心臟會跳了出來。

越靠近那個人時，瑪麗安把手伸進包包中，緊緊握著裡面那個東西。那是她下飛機後到商店買的。

「妳真的來了。」坐在長椅上的人像是知道瑪麗安會來一般，並挪過一點讓位子給她坐，但是始終沒有回頭看瑪麗安一眼。

瑪麗安在長椅上坐下來。「我應該一早想到，妳就是莉娜的『同夥』，不過，妳不是在幫莉娜，相反，妳利用了莉娜對妳的信任。

「莉娜被捕後，我一直不明白，為什麼莉娜會殺了亞歷，背後必定有她不得不承認是可怕殺人魔的理由，還有為什麼要把亞歷的屍體弄成那個狀況。我查看了有關『輝夜姬計畫』孩子的資料，就立刻明白了。

「亞歷……有嚴重的果仁敏感症。

「因為孩子是在設施被專職的人員照顧，長大後也學懂照顧自己，所以一般人是不會小心別的孩子可能有食物敏感的警覺。」

在原來的世界，小孩子對食物敏感很常見，所以要小心給孩子食物對一般大眾而言是常識，有些幼兒園甚至不准孩子帶零食回校，怕不小心引致別人過敏。但在這裡，一般人並沒有這種在原來的世界差不多是本能的警覺。

「在別墅期間，莉娜給亞歷吃了果仁巧克力，亞歷因過敏導致呼吸道被阻窒息而死，當時他的頸項應該腫大，全身也出現紅疹——典型過敏的症狀。莉娜想到了，為了掩飾亞歷的死因，她唯有砍下亞歷的頸項並破壞得血肉模糊，並劃傷亞歷全身去遮蓋那些紅疹。」

「那不就是意外嗎？」女人開口。「莉娜為什麼要掩飾？」

「因為她看穿了『輝夜姬計畫』另一個目的，一開始莉娜被騙了，以為帶走亞歷，是為了以她這個話題主角拍攝另一場育兒真人秀，動員民意去逼政府重新審視國養法。其實，這一切，是為莉娜而設的陷阱，要讓她不小心害死小孩的設計，目的是讓大眾看到，一般民眾沒有能力照顧小孩，生活中有太多看起來沒什麼，但其實會傷害小孩的東西，為此甚至不惜犧牲一名孩子的性命，作為國養部和莉娜的官司中的證據。亞歷死後莉娜便明白了，國養部想以亞歷的意外死亡作案例，證明一般人並不適合養育自己的孩子。莉娜不想讓這發生，所以，她寧願承認自己是『一個』殺人魔，是她個別的問題，而不是普遍的人們缺乏照顧小孩的能力，這就是莉娜對被算計了之後的反擊。」

「不是錢的問題，是案例。」在原來的世界，面對餐廳那案子時，莉娜自己說的。

「而妳，為了讓案例成立，不讓莉娜成為個別個案，妳上傳影片，推翻莉娜的大魔頭形象。」

「之前為了確保莉娜能單獨和亞歷一起，她不能在警方的監視下，所以妳策劃了第二階段時那場騷動，就是為莉娜製造不在場證明，讓她之後能自由的到別墅，一步一步落入陷阱。」

「ＦＢＩ告訴我，有人在第二階段前一晚，用了『瑪麗安』的名字登記了一張新的訪客卡和取消了原來的其中一張。警方和ＦＢＩ都以為是有人冒用我的名字，但不是很奇怪嗎？昨天我在艾比家的公寓樓下，費盡唇舌也不能讓管理員給我進去，然而設施接待處的職員竟然那麼容易就相信對方，並發可以進入設施的訪客卡？除非……」

瑪麗安轉向旁邊的女人。

「除非，接待處職員認得那自稱是『瑪麗安』的女人。」

女人微笑著輕撥了一下頭髮。

當你排除了所有不可能的，剩下的即使再不可思議，那也是真相。

瑪麗安盯著眼前這個女人，這個和自己擁有同一張臉蛋的女人——這個世界的瑪麗安。

在艾比的公寓看到那件衣服，瑪麗安便想到了——本來是獨一無二的衣服，同時在這個世界存在。一件是本來就在這個世界、沾到紅酒被艾比藏起來；一件是在她來到這個世界時穿在身上的。

這表示，本來分別屬於兩個世界的東西，可以同時存在於同一個世界。

也表示，她來到這個世界，不是她的意識進入了原來瑪麗安的身體，不然她不會帶著當時穿著的衣服一起來，以致兩件一樣的東西同時存在。如果這樣的話，也有可能她們不是互相交換了身處的世界，而是兩個瑪麗安同時在這個世界存在著。

如果有兩個瑪麗安同時存在的話，當「外來」的瑪麗安，在遇襲後繼續以「瑪麗安」的身分生活，然而原來在這個世界的瑪麗安，卻沒有出現拆穿，最可能的解釋是，當時穿著印著「J」字外衣襲擊瑪麗安然後駕車離去的，不是別人，正是這個世界的瑪麗安。襲擊瑪麗安後，這個瑪麗安躲在暗裡，她會這樣做，因為她看準了這個變成影子鬼魅的機會，因為成為了影子，她就能為製造完美的不在場證明。

24

日用品和食物已經在網上購買了，確定有買果仁巧克力。剩下來的只等莉娜把巧克力給亞歷吃。

莉娜啊莉娜，不要怪我這樣計算妳，如果妳不是想小孩想得瘋了，也不會被我騙到，竟然會相信我讓妳帶走亞歷，是為了拍攝「輝夜姬計畫」的外圍計畫來幫助妳。如果妳夠精明的話，就會小心不讓亞歷吃有果仁的巧克力，如果不是的話……

咦？那是什麼？

在公路旁的公園那邊，剛剛有什麼在半空閃了一下，像是閃電又像是爆炸一般。

等等，那是人嗎？剛剛……好像看到有個人影，在剛才閃光的地方突然在半空出現掉下來。

我把車子停在路邊，走進公園想看個究竟。沒走了多遠，便看到真的有個女人躺在那裡，我本能地走上去想幫助她。可是當我走到她身邊，竟然發現她長得和我一樣！

不可能，如果是同卵雙胞胎的話，設施的做法是一同養育，讓他們知道對方的存在，避免做成以後可能出現的混亂。不過……有可能是設施出錯嗎？

那眼前這個女人是誰？我翻了她的口袋，給我找到她的手機和錢包。錢包裡面有駕照，照片中人和自己一模一樣不在話下，連名字和住址也一樣！不同的是，她多了個名字「史曼斯」。

這肯定是假的，這是什麼把戲？終極的盜用身分嗎？我沿著她的髮線和頸項摸，不像是戴著面具。不管如何，這個女人在冒充自己，都是不懷好意，趁她暈了帶到別墅關起來再想。

「唔……」

糟！她要醒過來了，萬一她醒了看到我，想要盜用我身分的她不知會對我怎樣，我還是先下手為強！

我看到不遠處有些石塊，便隨手拿起一塊向她額角揮下去，她低吟了一聲後又昏過去了。我本想走過去確定她死了還是暈了，可是這時我看到遠處有兩個人散步向這邊走來，情急之下我逃回去駕車離開——希望那兩人看不到我的臉。

我回到別墅，確定亞歷還在房間睡覺後，我的手機突然叮叮咚咚的響起來，那是即時通公司群組訊息的聲音。大家在說著我進了醫院，急救後已無大礙，正在哪個房間休養等等。

拜仁已經在吵著，擔心「輝夜姬計畫」的後續，亞歷被拐後有太多事情要處理，但是他不知道，「輝夜姬計畫」現在讓我最擔心的，是莉娜能否成功避過警方。亞歷被拐莉娜自然會有嫌疑，警方很有可能已經在監視她，所以這幾天都是打算由我去別墅。已經從阿辰那裡弄了輛車，還說服他出國一陣子，那警方真的查到他那裡也可拖一陣子才能再查下去。之後就是安排莉娜用那輛車去別墅，然後我就功成身退，只等莉娜給亞歷吃巧克力。

不過現在竟然出現這個假冒者，究竟她的目的是什麼？

我駛到離醫院不遠的破爛停車場，因為那裡沒有監視器，停好車子後偷偷去醫院看看情況——當然戴了口罩避免給人看到。

這個女人果然扮起我來了，不過她說因為遇襲而記憶混亂。我本來想立刻拆穿她，但是一個念頭突然跑出來。

如果讓這個女人當一陣子「瑪麗安」，那我就可以變成不存在的人。要讓莉娜不在警方的監視下，最好的方法就是製造一起事件讓她有完美的不在場證明，例如……當她在警方的監視下，另外有人和亞歷出現在別處。

實際執行起來當然不容易，首先就是我的車就在我回去前被發現了，也許因為車子已被那女人報失。另外我先利用提款卡提取了一筆錢，再向莉娜要了一筆，說是為了我們這個「計畫外行動」，用現金會方便一點，那些錢足夠我躲起來一陣子。而且還交代了莉娜，除了是我用暗號聯絡外，任何時間都要裝和我不和。

另外要自己在暗她在明，我趁那個冒充者還沒有碰電腦手機前，就登入所有帳戶更改設定，即使有其他人登入也不會發信通知。奇怪的是，那個冒充者知道我的密碼不足為奇，但她竟然沒有更改密碼，沒有想要攔阻我讀取數據。開始幾天我暗地裡監視著她，她有點迷迷茫茫的，好像忘了我這個真實的「瑪麗安」的存在。第一晚和拜仁鬼鬼祟祟離開醫院，回來後又奇奇怪怪，第二天我還看到她不停地轉陀螺，一轉就整個小時。為了掌握她的行動，我一直監看著她的電郵、網上瀏覽紀錄、即時通訊息等，她上網調查過國養法，而且看過有關平行宇宙的網站和討論區。

平行宇宙……？

我想起那天她出現的情景。對了……說起來，她是突然出現在半空的。難道……她真的是從另一個平行宇宙來的？在另一個世界，她也是瑪麗安？那天我拿了她的手機，可是不但看不到，即使充了電，裡面也是什麼也沒有，如果她真的是從平行宇宙來的話，那她的手機可能在過程中被磁場什麼的破壞了吧。看到她和拜仁工作的情況，我就確信她就是另一個世界的「瑪麗安」——她工作時的樣子，連我也不覺得是在看另一個人。

就像看自己的分身，感覺好微妙。看著另一個瑪麗安在做平日自己做的事，感覺自己就變成了幽靈。

從她的電郵和行事曆中，我得知她在第二階段前一天會到設施開會，並已確認當天會順道拿三十二張訪客卡，我就知道，那是我為莉娜製造不在場證明的機會。

幸運的是，接待處當夜班的是之前見過好幾次的人，我順利地拿到新的訪客卡，並取消了其中一張。運氣，從來都是做任何事不能缺少，即使是犯罪也不例外。相反，如果是倚靠運氣來成事的犯罪，那就是完美的犯罪了。因為沒有人會相信，犯人會讓運氣去決定犯罪計畫能不能成功。所以，當莉娜「意外」害死了亞歷，就是幸運之神站在我那邊的時候，當然，要讓幸運之神站在我那邊，當中的事前計算當然也不少，因為要盡量製造能讓這意外發生的條件。包括特地選有果仁敏感的亞歷，計算好排第三就會在那走道上的側門附近。

這個「我」也幹得不錯，給她查到購物中心又會設局引莉娜的同夥，可是她沒想到，莉娜的同夥正是自己。而她竟然能早早看穿莉娜用行李箱運走亞歷的屍體，本來我還想要在適當的時候匿名舉報莉娜，現在連那個也省下。她所在的平行宇宙常常用行李箱運小孩的屍體嗎？

「『輝夜姬計畫』的範圍外服務已完成，國養部的律師知道怎樣做吧。」我秘密和奧雲通電話，並叮囑他見面的時候要裝成和我只是檯面上「輝夜姬計畫」的交集，這樣就可以避免他在另一個瑪麗安前露餡。

我看著「瑪麗安」和那個年輕的FBI探員常常在一起調查，那個男孩，那對藍眼睛，她一定是覺得他和路易很像。難道她以為那是她和路易的孩子？她不知道因為血緣而給對方特殊待遇是犯法的嗎？我看著拜仁一臉不爽，萬一他投訴而節外生枝就麻煩了。不過幸好那沒有發生，他也只是發泄一下就沒事了。

如果……她也是在十六歲的時候生過孩子，那在她那個平行宇宙，玻爾阿姨和她會是什麼關係？

這時候莉娜竟然認罪，承認殺了亞歷並毀屍，輿論一面倒在談論准生制度。很明顯，莉娜看穿了我的本意，果然是莉娜。除了另一個「我」，也許只有妳能稱得上是我的對手。我把之前拍下、表現莉娜溫柔一面的影片放上網，讓大家想到意外那方面，而不是因為莉娜是冷血兇手。只要當這話題炒熱起來，再適時在網上造就一些熱話，說現代人應不應該照顧自己的孩子之類。

因為國養部要的是案例。

我特地到了西岸，住進了玻爾阿姨留給我的房子，在網咖上傳了影片。

知道是在西岸，做為另一個「我」，妳會聯想到這裡嗎？來啊，我就在這裡等妳……

25

瑪麗安聽著自己的「分身」在說是如何設計讓莉娜掉入局中，雖然她已經猜到個大概，但聽著犯人在這樣近的距離承認罪行，還是第一次，瑪麗安特別覺得心寒。

覺得心寒的是，眼前這個比雙胞胎還接近的血肉，這個在異世界的另一個自己，為了自身利益，為了替國養部解決眼下的問題，面對著最好的朋友、曾經是最合拍的夥伴，也可以毫不猶豫地出賣。

心寒是因為，她好像理解這個瑪麗安所做的事；心寒是因為，瑪麗安意識到，原來自己是可以做出這樣的事，這個人，有著和自己一樣的身體一樣的心一樣的腦袋，即是說，只要自己選錯一步，就可能變成做出同樣的事的人。

「莉娜是妳的朋友啊。」瑪麗安只能吐出這一句，她不知道還可以說什麼。

「我也是她的朋友吶。她控告國養部時有沒有想過我？」沒想到對方立刻回應。「如果她不是眼中只有孩子的話，我認識的莉娜是絕不會被任何人算計到。她……她的感覺已經鈍了。」

瑪麗安呆住了。因為她記得自己說過同樣的話。

在這個世界，大家真的都變成更殘酷的人了嗎？還是只是在原來的世界，大家的「惡」都只是花在保護自己的孩子了？這樣，即使是對其他人殘酷，為了孩子，也變成情有可原。

「啊，說起來。」瑪麗安拿出手機，展示著上面的QR碼。

「這是艾比的？」對方看了一眼。

瑪麗安點點頭。「洛姆弄到手的，動用了一些關係。」

「妳比對過了嗎？」

「還沒有，我想妳也許也想知道。」

「我早就知道了。」

「誒？」

「所有公司員工入職時我都比對過，為免有不必要的麻煩。」

「那艾比知道嗎？」

「員工他們想知道的話可以拿到結果，但她沒有。」

瑪麗安也沒有再多說，過了一陣子，兩人間剩下令人窒息的沉默。

瑪麗安在包包裡的手，下意識地稍微握緊一直握著的東西——一把電擊槍。包包裡還有細繩和小刀。

在兩人靜得可怕的空氣中，可以嗅到那股正在醞釀著的不尋常的氣氛。

在這個世界，有兩個瑪麗安，一個在背後策劃了解決莉娜官司的方案，造成一個小孩的死亡，一個看穿了這個殘酷的詭計，因為她有著同樣的思考模式。

如果瑪麗安回不去的話，那她們兩人不能同時在這個世界。

另一個瑪麗安也知道，她不能一直在這裡當影子鬼魅。

瑪麗安的手一直在包包中，對方的手也一直在口袋裡。

兩人都沒有再講話，在這個看著天看著海的小丘上，她們在想同一件事情……

後記

擁著孩子，玻璃天花板內外都不是一樣的風景嘛

「××離職了，她想全職帶小孩。你不覺得很可惜嗎？那麼辛苦拿到這個學位考到專業資格。」

「她丈夫有錢有什麼問題？」

「有問題啊，她們念的是納稅人資助的公立大學。理論上她可以做為高薪人士工作和納稅到六十歲。現在她三十多歲便不工作，政府不是少了二十多年的稅收？」

「也不能這樣說，她生下的孩子不就是將來的納稅人嗎？她是在養育我們未來的社會棟樑啊。」

「如果她生的是女兒呢？每天看著從懂事開始便在家的媽媽，她們長大後不也是很大機會走一樣的路嗎？難道你覺得她會教女兒：『我是不正常的千萬不要學媽媽』嗎？或是『女兒不用努力念書啦，像媽媽當全職主婦不用念大學也可以啊』，所以這只會是一個循環……如果孩子是由國家中央養育的話，不就可以消滅這種系統性的偏見嗎？」

就這樣，由私底下的閒聊開始的發想，漸漸形成一個異世界的故事，也就是閣下

手中這本小說。

在我的學生時代，常聽到一個詞：「玻璃天花板」（glass ceiling），意指女性在職場上看似可以爬到很高的位置，但卻仍是有一道障礙，就像一塊玻璃造的天花板，妳看到天空的景色，但妳碰不著到不了。我當時身邊不少女同學，都有著一副要衝破玻璃的氣勢。

然而現今最常聽到的，是「工作生活平衡」（work-life balance）和彈性工作（flexible work），不少企業也以此為賣點去留住人才。而很多時候，這張牌都用在和小孩有關的事上。所以常常見到女職員五點要匆匆下班趕去接孩子放學，十二月忙翻天的時候有孩子的同事都要在平日請假，因為要出席孩子學校在平日辦公時間舉行的聖誕表演。為什麼表演不能在晚上或是週末？天！教師們要陪家人耶，你這樣問還有人性的嗎？

要求有小孩的職員加班，即使這在有小孩前已經是工作的一部分，有小孩後這樣的相同要求就變成不合理的剝削。當然，再平衡再彈性，一份本質需要每週工作五十小時的工作，是不會因為妳有小孩而改變的。身邊有不少女性同事和朋友，生了孩子後，常常抱怨工作阻礙她們的親子時間，很對不起孩子云云。最後有為了照顧孩子，放棄高薪但工時長的工作，甚至成為家庭主婦。為了愛孩子，陪他們成長，一秒也不能少，而大家彷彿也覺得是理所當然。偶爾有繼續拚搏而放手多點讓其他人幫忙照顧的，卻換來人們在背後冷言：「不想帶幹嘛生。」

再沒有人去在意那玻璃天花板還存不存在。

我父母是嬰兒潮一代，他們那一代開始有機會接受高等教育，雙職家庭開始普遍，也因此我們在豐富的物質生活下成長。父母因為愛我們，才拚命工作，給與我們最好的，衣食無憂，供書教學就是愛的表現。那時候，父母把我們交給別人照顧，「因為要工作，沒辦法。」

來到我們這一代當父母時，這好像還不夠。

朋友聚會，要遷就小孩午睡或是晚上洗澡睡覺的時間，出外吃飯要看那餐廳有沒有孩子愛吃的東西，好不容易安頓好小孩們點好菜，爸爸媽媽們就開始聊孩子的話題，好像如果孩子不是生活的全部就不算是好父母。很多事都要讓路，「因為孩子，沒辦法。」

有一刻我以為自己掉進了異世界。

聽到大綱後，朋友問這是不是一個「反烏托邦」的故事，我不懂得回答。因為我真的不知道，我筆下瑪麗安掉進去的平行世界，是不是真的是一個「反烏托邦」？還是我們正身處的，充斥著「兒寶」，猶如小孩才是真正主宰的，才是奇幻的異世界？

國家圖書館出版品預行編目資料

輝夜姬計畫 / 文善 著. -- 初版. -- 臺北市：皇冠,
2019.9.
面; 公分. --(皇冠叢書；第4791種) (JOY；219)

ISBN 978-957-33-3468-2 (平裝)

863.57　　108011604

皇冠叢書第4791種
JOY 219
輝夜姬計畫

作　　者—文善
發 行 人—平雲
出版發行—皇冠文化出版有限公司
台北市敦化北路120巷50號
電話◎02-27168888
郵撥帳號◎15261516號
皇冠出版社(香港)有限公司
香港上環文咸東街50號寶恒商業中心
23樓2301-3室
電話◎2529-1778　傳真◎2527-0904
總 編 輯—龔橞甄
責任主編—許婷婷
責任編輯—蔡承歡
美術設計—嚴昱琳
著作完成日期—2019年7月
初版一刷日期—2019年9月

法律顧問—王惠光律師

讀者服務傳真專線◎02-27150507
電腦編號◎406219
ISBN◎978-957-33-3468-2
Printed in Taiwan
本書定價◎新台幣350元/港幣117元